オバさんになっても抱きしめたい

平 安寿子

目次

battle 1

不幸な星の下に

1

二十一世紀前半の日本に若者として生きるべく生まれ落ちた者は、不幸である。

一九八五年生まれ、二〇一三年のただいま現在二十八歳の才川美結《さいかわみゆ》は、そう思っている。

物心ついたときから、不景気だった。父が勤務するハウスメーカーは何度か倒産や吸収合併の危機にさらされ、給料据え置き、ボーナスカット、支店の統廃合、人員整理などの対策がしょっちゅう講じられた。

そのしわ寄せが美結に及んだのは、小学生になったときである。母が生活不安関連の愚痴を、六歳の美結に注ぎ込んだ。

もう、みゆちゃんにピアノもバレエも習わせてあげられないかもしれない。

今よりも小さいおうちに引っ越すことになっても、みゆちゃん、泣かないでね。

今年はサンタさんが忙しくて、うちまで来られないかもしれないけど、そのときはママがなんとかするからね。

そのとき、美結は健気《けなげ》に「うん。みゆ、ガマンする」と答え、母ともども涙にくれたのだった。

なんて、いい子なんだ。飛んでいって、抱きしめてあげたい。そのついでに、母親を突き飛ばしたい。

子供に不安を伝染させるなよな！

今頃怒っても仕方ないが、こんな母親の振る舞いが自分から楽天性を奪ったと、美結は信じている。

結局のところ、父はリストラを免れたが、美結はピアノとバレエの教室をやめた代わりとして、学習塾にみっちり通わされた。

サンタさんも、ちゃんと来た。美結が小学校を卒業するまではあるが。

もちろん、美結もその頃にはサンタさんが親の別名であることは知っていた。そして、クリスマスにプレゼントをもらえないのは、「だって、もう中学生でしょう」なる親の都合であることも。

どっちにしろ、中学以降、クリスマスは家族とではなく友達と過ごすイベントになった。お互いに贈りあうプレゼントを買うために、お小遣いをやりくりした。

高校生になると、バイトで稼いだ。そうでもしないと、標準の高校生ライフを送る資金が足りなかったのだ。お小遣いの値上げは微々たるもので、それは不景気のせいにされた。

受験予備校には通ったが、浪人は許されなかった。絶対確実な滑り止めも用意しておかなければならなかった。「うちには、浪人させる余裕はない」と、釘《くぎ》を刺されたからだ。

そして、めでたく第二志望に合格。卒業して、父のコネで壁材メーカーに就職。現在に至る——って、これのどこが不幸なんだ⁉

と、目尻《つ》を吊り上げるあなたは、昭和生まれの昭和育ちですね。

将来の夢は、何？

そう訊《き》かれると困ってしまう子供だった。

だって、小学生の段階でリストラだの倒産だのの言葉を刷り込まれて育ったんだよ。それに小学校四年くらいからは、何になりたいかより進学先をどこにするかが直近の課題になった。

加えて、いじめは普通にあったから、自分のポジションをどこに置いたら安全か、いつもキョロキョロ目配りするのに忙しかった。

正直、将来の夢どころではありませんでしたよ。

子供の頃から、テーマはサバイバル。

小学校の卒業式で壇上にずらりと並び、一人が一言ずつ、「楽しかった学校行事」「ときには厳しく、ときには優しく指導してくださった先生方」「力をあわせた友達」「いつも見守ってくれたお父さんお母さん」への感謝を言わされた。あれって、「これが世渡りというものだと、わたしたちは学びました」と発表するパフォーマンスだったよね。

だーれも、本気じゃなかった。でも、やらなきゃいけなかった。

夢に向かってとか、夢を忘れずとか、校長先生や来賓の大人たちが「夢」を乱発した。

おかげでそれは、子供心にもっとも響かない空疎な言葉とあいなった。

ほんと、夢って言われても、ピンときたことがない。

夢という言葉から何を連想する？　そう訊かれたら、美結の答えはこうである。

夢の六億円が当たる年末ジャンボ宝くじ。

夢って、そういうものよね。ほとんど、「あり得ない」の同義語。

すみませんね、醒《さ》めてて。

でも、しょうがないでしょ。と、言いたい。不景気に育てられた、不景気の落とし子なんだから。

大学卒業時、景気はいったん持ち直し、新卒採用数も増えたが、美結は楽観的になれなかった。そして、父に「堅い」と教えられた会社に就職した途端、リーマンショックでまたまた急降下。以来、ずーっと低空飛行だ。

若年層の失業率は改善傾向らしいが、だからといって気軽に転職なんかできやしない。

景気なんて上向いたと思ったらあっという間に急降下するあてにならないシロモノだ

と、クールな見方を植え付けられているのだよ。

年金だって、あてにできないしさ。

初給料をもらった時点で思い浮かべたのが、これで何を買うかではなく、老後のために今から貯金しとかなきゃ、だったんだから、我ながらいじましさに泣けてくる。

二十代にして老後の不安まで抱え込んでしまうのは、誰のせい？

少なくとも、わたしたちのせいじゃないからね。

2

『この度の人事異動で、新課長を迎えることになりました。つきましては来週の金曜日に歓迎会を開催しますので、ふるってご参加ください』

こんなメールを嬉《うれ》しげに回すのは、山元里佳子《やまもとりかこ》に決まっている。

営業部総合販売促進管理課。美結が属している職場は統廃合の連続で名前がやたら長いが、現在三つに分かれている営業部すべての事務処理をこなす。デスクワーク主体のせいか、ＯＬ棲息率《せいそく》が高い（半分は派遣だが）。

勤続二十年超の古株ゆえ主任の肩書きを持つ里佳子は、女子社員のリーダーをもって任じている。

美結が入社したときから、ずっと主任だ。これより上はない。二十一世紀の今日に至っても女を首相にしない我がニッポンにおいて、主任、課長、部長、本部長、さらにはCEOとステップアップしていくのは男ばかり。ことに、それなりの歴史を持つ企業は旧態依然体質でガッチガチに凝り固まっている。

ま、いいけどね。美結は、管理職になんかなる気はないから、どうでもいい。

だが里佳子は、肩書きだけで何の権限もなく、しかもそれがバレバレの、とっても微妙な「主任」という立場におおいに満足している様子だ。

その証拠に彼女は、美結たちペーペーのOLや年下の男子社員に対して、ごく自然に威張っている。

メールを回した五分後には美結のデスクまでやってきて、見下ろす姿勢から命令を下すのだ。

「才川さん。あなた、女子の招集、担当してね。会費は課の積立金で賄《まかな》うから、全員が顔を揃《そろ》えるようにしてほしいの」

若い社員たちにとって、上司との飲み会は「接待」に他ならない。精神的に消耗するので、なんだかんだ理由をつけて逃げたがる。里佳子はそれを見越して、全員参加への圧力をかけてきたのだ。

パシリ役を押しつけられた美結は、上目遣いで抵抗を試みた。

「あのう、でも、都合が悪い場合もありますよね」

「今日の明日じゃないのよ。来週の金曜よ。調整する時間は十分あるじゃない」

里佳子は高飛車に決めつけた。

日本の将来は、国民全員にとって等しく不安材料のはずだ。なのに、全然平気の人種がいる。

やたら元気。

やたら前向き。

一九八〇年代後半を二十代として過ごした連中。通称、バブル組。山元里佳子は、そのど真ん中である。

バブルの崩壊も経験しているのに、それを挫折と感じずに乗り切ってしまった、お気楽の塊。

奇しくも、こいつめらが浮かれて過ごした時代に、今の二十代は生を享《う》けたのだ。そして、まるでそのツケを負わされたごとく、不安定な環境で成長しなければならなかった。それなのに、えらそうに（かつ、とっても嬉しそうに！）説教される理不尽。「泥棒に追い銭《せん》」って感じ？　ちょっと違うか……。

「社会人になったら、こういうものには基本、参加が常識よ。才川さんくらいになれば、こんなこと、今さら言わなくてもわかってるわよね」

そりゃ、美結は入社六年目で、もはや「知りません」「わかりません」「できません」が許されない立場にいるのは自覚してますがね。

でも、飲み会に参加する意味がわからない。全然楽しくないし、パスしたところで査定に響くわけでもないのだ。

不満が顔に出ないよう、慎重に「はい」と答えたら、里佳子は妙にしんみりとあとを続けた。

「あの大震災で日本人はみんな、絆《きずな》の大切さを感じたじゃない？　家族や地域だけじゃなく職場にも絆があるのを、テレビやなんかで一杯見たでしょう。みんなで力を合わせて復興しようって。ほんと、感動したわ」

それを持ち出すか。

でもね、わたしたちだって、一致団結しなきゃ会社が立ちゆかない事態になったら、頑張りますよ。

大体、絆って、飲み会なんかで培うものじゃないでしょう。単にあんたがやりたいだけでしょうが。それなのに、震災や絆を持ち出していい気になるのって、本当に大変な人たちに失礼だと思わない？

等々の文句を胸の中に収めて、美結は「そうですね」と迎合した。弱い作り笑いさえ、浮かべて。

これも、生活を守るためである。

仕事は収入を得る手段だ。間違っても、生きがいとか自己実現とかを求めてはいけない。それが美結のポリシーだ。

そう割り切らないと、とてもじゃないが、やってられない。

入社五年超えのOLは喩《たと》えるなら、バラエティー番組でMCのアシスタントを務める局アナみたいなものだ。

単なる調整役。まったく、注目されない。

それでいて仕事ができて当たり前と思われているから、どこからもねぎらいの言葉は来ない。それどころか、いろいろと雑事を押しつけられる。

たとえば、打ち合わせで取引先が来社するときなど、会議室にお茶と関係書類のファイルを配るのは美結の役目である。

ここ二年、事務職の新規採用はなく、派遣社員は契約上、この手の作業はさせられないから、お茶出し（ペットボトルというところに、OLにお茶くみをやらせてはいませんよという会社のポーズが見える）のような初歩の作業は、そのとき手が空いているOLが自主的にこなす、ことになっている。

美結も、後輩のOLに手順を教え、役目の委譲を図ったことがあった。だが、間の悪いことにそのOLが一度だけ、社外秘の資料を取引先用のファイルに綴《と》じ込むという大失態をやらかしてしまったのだ。

それ以来、この件に関しては美結が責任を持つと暗黙のうちに決まってしまった（ちなみに、やらかしOLはまもなく結婚退職した）。

単純作業だけに、人にやらせてチェックするよりは、自分で全部やったほうが楽だ。そう思う自分は、つくづく損な性格だと苦笑するしかない。

でも、パソコンの前で座りっぱなしでいるより、気分転換になるし、要領よくやれば休憩時間にもなるし、ま、いっか。てなもんである。

それで、ちゃっちゃと作業していると、里佳子が現れる。

早めにやってきた取引先と担当営業マンがプロ野球談議などをしているところに、挨拶と称して割り込むためだ。

これには、イラッとさせられる。

なにがって、まず会議室のドア陰からひょこっと顔を出し、お茶目な笑顔でヒラヒラと手を振るのだよ。

取引先のオヤジが気付いて笑顔を見せると、すかさず近寄って「落合《おちあい》さん、久しぶりィ」と、語尾を甘ったるく引っ張る。

おまえはホステスか。さっと来て、挨拶だけして、さっと出ていけよな。暑苦しい！

と、ホワイトボードやプレゼン用スクリーンの準備をしながら、美結は心の中で毒づく。

だが、無論、里佳子は居続けを決め込む。それも、オヤジの隣の椅子にちゃっかり腰を据えて。

茶色く染めた長い髪は、毛先クルリンの縦ロール。ピンクベージュのスーツのスカートは、チューリップライン。座ると、腿《もも》のあたりまでむき出しになる。

美結たちペーペーのOLは、ブラウスにベストにスカートの制服を着る。ストレートラインのスカート丈は膝が隠れる長さ。ストレッチ素材で、座っても、床にしゃがみ込んでも、腿までむき出しにはならない。

一般職は制服で、総合職は私服。それは、そのような区別が生まれた時代の置き土産だ。里佳子は一般職だが、主任になったので私服OKになった。

人事部にもベテランOL主任がいるが、五十五歳の彼女は制服で通している。

「座りっぱなしの業務で、スカートに皺《しわ》が寄るのがイヤだから」という理由だが、それは美結たちも同意見だ。

制服があるのはラッキーだと思っている。デスクワークでも、汚れるからねえ。着替えると、気分も切り替わる効果があるし。加えて私服だったら、出勤用のスーツを買い揃えなきゃいけない。そんな無駄な出費は避けたい。

里佳子は毎日、ちょっとずつ替えてくる。雑誌の着回し術を読み込んでいるのが、ありありだ。洋服にかける情熱は、半端じゃない。ていうか、見栄《みば》え全般にかなりお金をかけている。「自分に投資」ってやつだ。

だけど、それができるのはシングルのせいだ。美結たちは、そう結論づけている。

さて、そうやって腿見せサービスをする里佳子に、オヤジどもは優しい。

「おー、やまもっちゃん。相変わらず、元気だね」

たまには、「きみ、まだ、いるの」くらいの皮肉をとばす、気のきいたオヤジがいないものか。

ファイルを配りながら、美結は心の中でこのやりとりに突っ込みを入れる。

「そちらこそ、相変わらず、いい日焼け具合。いまどき、週末ゴルフを欠かさないなんて、頼もしいなあ」

「いやいや、これは営業焼け。管理職といえども現場を走り回らなきゃいけない、苦闘の印よ。若いやつはオンライン営業には詳しいけど、面と向かってネゴシエートする場に弱いからさ。おじさんの俺らがカバーしなきゃいけない」

「あ、それ、わかる。わたしも一応、管理する立場にいるから」

ここぞと、里佳子は主任風を吹かすのだ。これがね。ほんと、たまりませんのよ。

「最近の若い子って、ほんと、内向きよね。こぢんまり落ち着いちゃってるっていうの？

ネットで情報だけは山ほど集められるから、そこでわかった気になって止まっちゃうのよ。大体、ヴァーチャルでなんとなくお茶を濁《にご》して、それでリア充してると思い込んでるのが怖いわよ。体当たりで経験しないと、何も身につかない。海外旅行はお金がかかるからやらないとか言うけど、お金かけずに行く方法はいくらでもあるじゃない。そういう発想がないってことは、クリエイティブに生きられないってことよね。わたし、ほんとに日本の将来が心配だわ」

「そうそう。やっぱり、外に出ないとねえ。車に乗らないのも、維持費がかかるからなんて言っちゃってさ。自動車は日本の基幹産業なのに、当の日本人が興味持たなくなったら伸びていきようがないじゃないか。自動車市場はガソリンに代わる新エネルギーの登場でルネッサンスのときを迎えつつあるっていうのに」

「個性を伸ばすつもりのゆとり教育がいじけ虫ばかりを育てたというのは、なんとも皮肉ねえ。競争のないところには向上心もない。ひいては努力の必要性も感じない、無気力人間しか生まれないんだわ」

「そうそう。子供の学習能力が落ちたもんだから、ようやく政府も気がついて、あわてまくってるけど、ツケは大きいよ」

「ゆとり世代をなだめすかして働かせなきゃいけないわたしたちが、割を食ってるわけよね」

「そうそう。それそれ」

五十代のオヤジと四十代のお局が、したり顔で頷き合っている。

ファイルを配り終えた美結は、ぺーぺーOLの悲しき運命で心ならずもその二人に頭を下げて会議室をあとにする。

これが毎度である。

たまたま生きていた時代が空前の好景気だったから、遊んで暮らせただけなのだ。おまえらの力で、景気がよかったわけじゃない。それなのに、まるで自分たちのおかげで日本全体がイケイケ（これも古語）だったと言わんばかりだ。

そりゃ、いつまで経っても消費欲が強いから（とくに女）、もてはやされてるけどさ。

貯金に走って消費しない二十代は、景気底上げの足を引っ張る元凶みたいに叩《たた》かれるけどさ。

それって、わたしらのせいなわけ？

美結たちの世代は、バブル崩壊後の世界しか知らない。バブルは、大きなツケをその後の日本に回した。そう習った。

バブルこそは諸悪の根源。

そう思っている。そう思わざるを得ない。

だってね。

バブルで踊ってばかりいた連中が、今、働く二十代の上にいるのである。で、自分たちの価値観で、二十代を教化しようとしているのだ。

典型として、バブル山元のワンパターン説教は以下の通り。

「あなたたち、若いのに何やってんのよ。もったいない。若いときこそ、無茶しなきゃ。もっと遊んで、何でも吸収しなさいよ。守りに入って、どうするのよ。じれったいわね」

尊敬する人に言われたなら、喜んで従いますよ。二十代の、ことに後半世代は自分らの未熟さ、力のなさを自覚してますから。

でもね。バブル組の言うことって、目から鱗《うろこ》が全然落ちないんだよ。

「最新情報に敏感になれ」とか、「人脈が大事」とか、「遊び感覚を持て」とか。

情報は秒単位で更新されるから、最新を追っかけてたら、わけわかんなくなるだけ。

人脈ったって、フェイスブックやツイッターであっという間に広がるけど、そのぶん、不要だったり、逆に迷惑になったりするのも混ざっていて、これもわけわかんなくなる。

だから、今の時代においてはクズ情報の山の中から要るものをピックアップすることが大事。

「遊び感覚」ってのもねえ。遊んでる場合か？——って状況を生きてるのだ、わたしらは。遊んでりゃよかったあんたらとは、違う。

第一、遊び感覚で成功した仕事って、本当にあるのか？

環境汚染とかエネルギー問題とか食糧自給率とか、根本のところをどうにかしないといけないところに来てるのが、今の世界でしょう。

だからって、どうしたらいいのか、そんなこと、全然わからないけど、少なくともバブル組みたいに能天気になれない。

わたしらは、アホな上の世代の犠牲者なんだよ。そうでしょ？

年金を払っても、それを受け取るのがこいつらだと思うと、とてもじゃないが、やってられない。

人のせいにするな、とバブルは言う。定年過ぎても嘱託《しょくたく》で居座る団塊《だんかい》オヤジどもも、同じことを言う。

けど、まっさらな状態で生まれてきた子供に不安を植え付けたのは、誰なんだ。

ちなみに、ゆとり世代とひとくくりにされるが、美結は違う。

団塊、バブル、ロスジェネと世代別に象徴的な名前がついているけれど（誰が命名するのだ？）、なぜか一九八三年から八六年生まれまでは名前のない空白地帯なのだ。たった四年だけど、この時期生まれの美結たちはすぐ上の「ロスジェネ」とも、下の「ゆとり」とも親和感を持てない。

「就職氷河期」という大きなくくりには入ると思うけど、いわゆる「失われた十年」からはずれるし、ゆとり教育は受けてない。

ただ、それを準備する「受験戦争はよくない」みたいな空気はあった。だから、大人たちが子供を受験に追い立てることに及び腰で、結局のところ、「勉強しなさい」と「自主性と個性を伸ばしなさい」が混じり合った「自主的に勉強してね」と言いつつ、これでいいのか迷っている――そんな中途半端な雰囲気の中で、美結たち空白の世代（と、今、美結がつけた）の子供は育てられたのだ。

どっちつかずの半端な気分が強いのは、もしかしたら、そのせいだろうか？

上の世代に「ゆとり教育の失敗作」みたいにチクチク言われると、「そうじゃないのに」と心から反発する。だけど、「わたしたちは違う！」と主張するよりどころがない。世代に名前がないのは、不便だ。

団塊やバブルは世代として有名だから、自分たち以外の人間も世代名で把握するところがある。そのうえ、ざっくりとしか知らないから、名前のない世代があることを想像もしない。だから「ゆとり世代」ではないと主張したら、「じゃあ、何の世代？」と質問するに決まっている。で、名前がないと知ると笑い出すだろう。

「名前のつけようがない世代ってのも、あったんだ」とかなんとか。

だから、あえて勘違いを指摘しない。

どうせ、わたしは名前もつかない、特徴のない、見捨てられた世代の生まれだといじけたくないから。

それにしても、なんで八三～八六年の四年間だけ、スルーされたんだろう……。

それはさておき、問題は里佳子だ。

里佳子は参加者が揃って会議が始まると同時に、その場を離れる。会議に参加できる立場ではない。長く勤めているぶん取引先とも顔馴染《なじ》みになっているというだけで、影響力はまるでない。ただ、そうやって存在をアピールして、自己満足しているだけのことだ。

美結たちには、そのパフォーマンスが、バカバカしいやら、痛いやら、うざいやらで、見ていられない。

しかし、打ち合わせが終わったあとの会食及び二次会には、必ず参加する。

「だって、わたしがいないと盛り上がらないんだもの」だそうだ。

里佳子は接待飲み会があるたびに、ランチタイムの終了間際、化粧直しのOLたちでごった返す更衣室でブーたれる。

「あなたたちの付き合いが悪いから、いつまで経っても、取引先とのつなぎ役がわたしに回ってくるのよね。わたしだって、アフター5は忙しいのに」

アフター5。

里佳子はときどき、古語を使う。死語ではないから、美結たちにも意味はわかる。だが、使わない。なんだか、すごく恥ずかしい言葉だからだ。

アフター5。トレンド。カスタマー・マインド。ポテンシャル。コンセンサス。エグゼクティブ。アーバン。バリキャリ。コンサバ。

あと、多いのがアップ系。ブラッシュアップ。スキルアップ。マインドアップ。シェイプアップ。なんでもかんでも、アップさせたいらしい。

それにしても、なんでわざわざ、英語にする？

里佳子が滔々《とうとう》と、これらの古語を織り交ぜつつ演説し始めると、美結たちは着替えながら、そっと目配せを交わす。

普通は、こんな風に聞いているふりだけで実は誰も聞いてないっていうの、気付くよね。

でも、里佳子は気付かない。ハンガーにかけた飲み会仕様のお洋服チェックに余念がないからだ。

そうです。アフター5にイベントがあるとき、この女はさらに着替えるのである。

スーツインのトップをカットソーからブラウスに替える程度だが、大体において、前立てがひらひらしているとか、素材に透け感ありとか、ひらひらでしかも透けているとかの、いわゆる「大人かわいい」モードだ。佳境に至れば上着を脱ぎ捨てるのを織り込んでの、トップ交換である。

足元も、先がとんがった八センチ・ヒールのブランドシューズとあいなる。

世界の終わりが来ても、美結には無理な格好だ。見ているだけで「ウワー」と、眉間《みけん》に皺が寄る。

美結は小さいときから、パステルカラーやリボンやフリルといったガーリーな服装が苦手だった。母親が着せたがったので、ときどきは身に着けたが、恥ずかしくて恥ずかしくて顔をあげられなかった。

今でも服装の嗜好《しこう》は変わらず、買い物に行けば、ついモノトーンに手が伸びる反「きれい色」主義者だ。

里佳子は、ひらひらブラウスにプラスチックの輪っかをつないだロングネックレスを合わせてハンガーに掛け、ちょっと離れたところから見栄えを点検したりする。

堂々としたものだ。美結たちがつい、チラチラと見てしまうので、注目される快感に酔っているのかもしれない。

見ちゃうんだよねえ。無視できない何かがあるから。「よくやるよ」と呆《あき》れながらも、目が離せない感じ。

ブラウスをロッカーにしまいながら、里佳子のOL教育は続く。

「だけどね。ああいう人たちとの飲み会にだって、いいところはあるのよ。ちょっと話題のレストランなんかに会社のお金で行けると思えば、マイナスをプラスに変えられるじゃない。向こうだって、酔ったふりして触りまくるなんてこと、しないわよ。それなりの地位にいる人なんだから。もし、触られたとしても、セクハラですよ、かなんか言って、やんわり拒否すればすむんだから」

「でも、わたしたちは主任みたいに、みんなを楽しませるワザがないですから」

こんなとき、全員を代表して、さりげなく里佳子に当てこすりをかましてくれるのは、久島優《くしまゆう》だ。さりげなさ過ぎて、里佳子には褒め言葉にしか聞こえないところがミソである。

三十五歳の優には、七歳の娘と三歳の息子がいる。仕事はできるが、育児支援制度を利用して五時にはきっちり退社する。

育児支援制度は少子化対策をしていますよというポーズのため、会社が二年前にうっかり採用した制度だが、子持ちでも利用する女子社員はなかなかいなかった。

残業代がゼロになるうえ、定時で切り上げられるよう仕事の内容を軽くするという名目で派遣社員並みの扱いとなることから、通常勤務のＯＬたちとの間で手取りに格差が出るからだ。

どこが支援なんだか、企業の本音を見る思い。

育休制度も一応あり、妊娠した女子社員はとるが、イクメンは皆無。

美結はひそかに、育休をとってくれるような男と結婚したいと願っているが、それならば公務員か団体職員を狙うしかないのが現実だ。でも、公務員って結婚早いんだよね。公務員なら誰でもいいってわけじゃないし。

優の夫は私鉄の職員。平たく言えば、バスの運転手だ。シフト勤務でサービス残業こそないものの、時間の融通がきかないから、保育園のお迎えなどはできない。高給取りでもない。

そんな状況で優は敢然《かんぜん》と、働きながら子育てをする、つまりは家庭第一（働くのも家計のため）というスタンスを守り、美結たちの目標になっている。

なので、美結たちは喜んで優のカバーはする。優の子供たちの写真も見るし、話も聞く。

だが優は、里佳子の前では絶対に子供の話をしない。不機嫌になるのが目に見えているからだ。

里佳子は感情を隠さない。思ったことは全部口に出す。

そこのけ、そこのけ、わたしが通る。そう言わんばかりだ。

ああ、腹立つ！

3

怒りを抱えながらも我慢してしまうのが、美結である。

そして、新課長歓迎会にＯＬ仲間を招集し、二次会にまで参加した。「絆よ。絆」と里佳子につかまれた腕を振り払えず、引っ張っていかれた。

おじさんたちの目があるところで腿を見せるなんて、美結には悪夢である。だから、スカートは膝丈。色はブルーグレーで、里佳子に「いつまで、そのリクルートスーツ着るつもり?」と、からかわれた。

うるさいんだよ。色気のないスーツで行くのは、せめてもの抵抗だ。

ほんと、せめてもの、なのよね。里佳子に指名された新課長とのデュエットは、抵抗不可能。歌は『居酒屋』。

付き合い飲み会の定番だから、歌詞も覚えてしまった。しかも、フルコーラス。

上の世代は、カラオケでフルコーラス歌うのだ。信じられない。

美結たちは、一番を歌ったら、次に回す。間が持たないからだ。フルコーラスで歌うのは、みんなで一緒に歌うときだけ。『涙《なだ》そうそう』とか、『ジュピター』とか、『ハナミズキ』とか、『世界に一つだけの花』とか、ちょっと古くてもみんなが知っていて歌いやすいものに限られる。それも、「これで今夜はお開き」のサインだったりする。

というか、カラオケ自体、プライベートではほとんど行かない。そういう欲求がないのだ。

飲み会とカラオケは、美結にとってはサービス残業以外のなにものでもない。こういうことがあるから、寿退社に憧れるのかもしれない。

オヤジ上司はデュエットのとき、決まって美結の肩に手を回す。引き寄せないのがまだしもだが、そんなことをしたら、美結は黙っていないと思う。絶対、眉間に皺が寄る。

オヤジたちも、そこのところはわかっているのだろう。それでも、普段なら接触禁止のOLの肩を抱くのだから、嬉しそうである。一方、美結は四分弱の我慢と自分に言い聞かせ、棒読みで歌う。

そのうち、『三年目の浮気《あいきよう》』になると、里佳子の出番だ。

里佳子は愛嬌たっぷりにオヤジと顔を見合わせ、アクションも交えながら歌う。

ひとりで歌うとなると、プリンセス・プリンセスに松田聖子《まつだせいこ》に中山美穂《なかやまみほ》、そして、これは必須の森高千里《もりたかちさと》。それも『私がオバさんになっても』。

オヤジどもが手拍子を打つ横で、美結はひとりごつ。

もう、オバさんになってるくせに図々しい。

若く見えるテクニック向上に半端なく熱心で、それなりの成果をあげているのは認めるが、あんた、老眼来てるでしょうが。パソコンとスマホのせいで眼精疲労がひどいとか言ってるけど、そろそろあきらめて、老眼鏡を使ったほうがいいと思うよ。

そんなオバさんにお似合いのオヤジが、必ずこう言うんだよ。

「やまもっちゃん、いいねえ、その腰つき。よ、お立ち台クイーン」

そうすると、里佳子はますます大きく腰を振る。太腿が景気よくむき出しになるのも、お構いなしだ。

これだけ元気一杯だと、セックスアピールの出番がない。

バブル女には本物の色気というものがない。美結の頭で、そんな悪口が炸裂《さくれつ》する。

この間、テレビで八〇年代のヒット曲を紹介していた。ディスコでかかっていた曲ばかりだそうだ。

なるほど、ずーっと、スッチャカスッチャカ弾みっぱなし。でも、メロディーに変化がなく、同じリズムを刻んでいくのが単調そのもので、すぐに飽きた。

聴くより、踊るための音楽だからだろう。バブル組は、とにかく踊っていたとみえる。頭を使ってなかったのだ。バカでも生きていけた。そんな時代だったのだ。

すごいのは、その後に不景気で不安定で先行き不透明な時代が連続する間も、「自己肯定感」を維持しているところだ。

あの危機感のなさはどうよ。この人たちだって、年金だけじゃ、やってけないはずだ。それなのに、心配している様子がない。まるで、自分たちが「こうしたい」といったん思ったら、絶対実現させられると信じているみたいだ。

たとえば、里佳子は結婚したがっている。男を意識した言動が身についているのは、カップル願望が強いからに他ならない。

ラジカルフェミニストは男女差別の象徴である結婚制度を否定するため、夫婦別姓とか事実婚にこだわった。ところがバブル女には、結婚はステータスシンボルだ。ただし、内容が違う。妻。母。主婦。嫁。そのような役割ではなく、パートナーとして選ばれること。それが結婚。

里佳子が求めているのは夫婦になることであって、子供はオプション程度のように見受けられる。

高年齢に至っても出産を希望して不妊治療を受ける人が話題になったとき、里佳子は「どうしても自分の遺伝子を受け継ぐ子供が欲しいっていうのは、エゴだと思う」と発言した。

「カップルだけの生活で、いいじゃない。どうしても子供を育てたければ、養子をもらえばいい。子供を産めないことを劣等感と結びつけるような考え方、わたしは反対」

正論だと思う。でも、里佳子があっさり妊娠願望を否定することに、美結は反感を覚える。そこにも、里佳子の「いつまでも女でありたい欲」の強さを見てしまうのだ。

パートナーとして認められることが最優先のような……。

美結の結婚願望には、子供を産むことが含まれている。カップルとかパートナーというような一対一の関係性ではなく、家族という集合体を作りたいのだ。

優は、子供の写真を携帯の待ち受けにしている。二人とも、すごく可愛い。顔立ちは普通だが、動画を見ると仕草がいかにも子供らしくて、実に愛らしい。こういうの、いいなあと、単純に感動する。

この子のためなら頑張れるという、優の心境に憧れるのだ。

すごく素敵だと思う。

そこへいくと、里佳子は、ねえ。

この世はわたしのためにある、みたいな自己中心主義にしか見えない。

はっきり言って、目障《めざわ》りだ。

目障り物件と毎日顔をつきあわせる人生は、ほんとに不幸だ。

4

県庁所在地郊外の建売二階建てで、美結は生まれ育った。賃貸マンションで一人暮らしを始めたのはつい去年のことである。

週末には実家に帰る。食費を浮かせるのが主目的だ。しかし、ここにも天敵がいる。兄の健太《けんた》だ。

一浪して（兄には許されたのだ！　男だからって、差別！）入った大学を卒業後、地元の家電量販店に就職。以降、大手との吸収合併の荒波を外面《そとづら》のよさだけで乗り切り、ただいま地域支店本部勤務の身の上だが、三十過ぎでいまだ独り身。

その理由は「実家暮らしだからよ」と、美結は帰るたびに言ってやる。

「結婚どころか、モテてもいないでしょう。いい歳して親と同居してる男は、生活力がないか、マザコンか、その両方かに違いないから、その時点でアウトなのよ」

「そういうおまえは、一人暮らししてモテてるのか？」

痛いところを突かれ、美結は心ならずもぐっと言葉に詰まった。

一人暮らしに踏み切ったのは、社会人として自立し、正しい経済観念を身につけるため。というのは、建前である。

自分だけの空間が欲しかったのだ。

誰にも気兼ねせず、文句を言われず、自由を謳歌《おうか》する時間は大切だ。結婚したら、一人暮らしをするのは未亡人バアさんになってからということになるのだから。

かくのごとく美結の独立は、結婚が前提にある人生プログラムのワンステップだった。

誰にも言ってないが、そのプログラムに書き込んだ結婚年齢は二十八歳。デッドラインは三十歳だった。そして、まさに二十八歳になってしまった今、思った以上に焦っている。だが、家族にそれを悟られたくない。ことに、天敵と言っていい兄には。

「家族相手にモテ自慢してもしょうがないけど、実家暮らしの三十男よりはましでしょうねえ」

虚しく、見栄《みえ》を張ってしまう。見栄だとバレないのが、一人暮らしのメリットとも言える。

「そのうち、実家暮らしイコール持ち家ありの一発逆転があるんだよ。長期的視野に立っての、少しは勉強しろ」

「何言ってんだか。持ち家のメリットなんかより、義理親との同居すなわち、いずれは介護のデメリットのほうがずっと大きいのよ。女はそこまで考えるんだからね。どこまで行っても、実家暮らしの男に勝ち目はないね」

兄妹の不毛な口論に、母親が割って入った。

「親にとっては、どっちもどっちなんだけど。同い年の友達はそろそろ、孫ができてるのよ。可愛くってしょうがないんだって。わたしも早く、ばあばになりたい」

口調が軽いからさほど本気ではないように思えるが、それは根が明るい母の癖のようなものだ。

今年五十八歳の母は、息子に設定させたマイ・パソコンでネット・ショッピングや情報検索や動画巡りをするのがただいまの趣味で、いっぱしの情報通だ。

この間も「ネットで見た」と、卵子の経年劣化説を世間話のように持ち出して美結にプレッシャーをかけた。

結婚に適齢期はないが、妊娠適齢期は最新医学でも変えようがないらしい。そんなことは百も承知だ。子育てが体力勝負であることは、優を見ていればわかる。

わかっているのに、気がついたら二十八歳だ。医学的には、すでに劣化が始まっている。

母も焦っている。心配している。それを口に出そうか出すまいか、迷っている。目を見れば、わかる。

母と娘が鏡のように、同じことで悩んでいる。

美結が素直に婚活援助を頼んだら、親類縁者に広報してくれるだろうか。

いやいや、それは難しい。

婚活に必死になっている。それくらい、縁遠い。と、世間に知られたくない。見栄とプライドが先走るところも、母と娘で相似形なのだ。

いろいろ考えていると、「そもそも、わたしは本気で結婚したいのか?」なる根本的な疑問も出てきてしまうし……。

すると、それを言っちゃあ、おしまいでしょうと即座に自分突っ込みが入り、ほんと、我ながら、ややこしい。

だが、兄に「男はいくつになっても産ませられるが、女はそうはいかないだろう。おまえ、危機感持てよ」などと、上から目線で言われたくない。

「それ、セクハラ発言。お兄ちゃんて、ほんと、性格悪いよね。嫁の来手があったら、奇跡だね」

世にも情けない口喧嘩《くちげんか》である。

こんなとき、父親は部屋にこもって読書したり、ＣＤを聴いたりで黄昏《たそが》れている。

不景気の影響で人員をぎりぎりまで削減した結果、人手不足で定年を六十五歳まで延長する企業が増えつつある。父の会社もそうだ。

その昔は窓際族などという言葉があり、退職間近のサラリーマンが閑職に追いやられ、第一線からはずれた惨めさや寂しさに苦しんだそうだ。日本昔話の世界である。

一九五〇年生まれの父は暇になったら旅人になるつもりで、窓際に追いやられる日を楽しみにしていたのに、それが夢と消えた。ベテラン社員の経験を買われ、クレーム処理担当に回されて、ストレスがたまる上に忙しい。

定年前に辞めたいくらいだが、以前はあった早期退職特別手当の特権がなくなり、何のメリットもない。退職金満額受給のため、じっと我慢の毎日だと、本人が言った。

せめて、退職した途端に足腰が立たなくなって旅人転向ができなくなる事態を避けるべく、毎日寝る前、三十分の青竹踏みにいそしんでいる。

こういう風に身構えるところを、わたしは譲り受けちゃったのかなと、美結は思う。

母親はあまり深く考えないぶん、切り替えが早い。パート先も性格的に合わない人がいるという理由でコロコロ替えてきたが、あぶれたことはない。

職種を選ばないせいかもしれない。加えて、場への順応性も高いようだ。

母は人の好き嫌いがはっきりしており、合わない人に合わせる努力は一切しないが、基本的に明朗なので、受けがいい。

人の好き嫌いがはっきりしているのは、美結も同じだ。ただ、母のようにそれを表に出せない。合わない人にも、かなり我慢して合わせようと努力する癖がある。

自分に自信がないせいだろうなあ。自己主張するのが恥ずかしい。

こんな風に本能的に引いてしまう性格は、明朗さとはほど遠い。

楽天的になれないのを母のせいにしているが、明るく振る舞えないのは誰かのせいではなく、持って生まれた基本的人格だと思われる。その証拠に、明るい性格に憧れたことがない。

暗めでいることに、なんとはなしの安堵《あんど》感がある。ただ、なぜ自分が他の子たちと違うのか考え込む癖は、子供の頃からあった。

なぜ、クラスメイトがこぞって熱をあげるアイドルを見ても、何にも感じないのか。

なぜ、みんながしたがるおしゃれに興味が持てないのか。

なぜ、孤立するのが平気なのか（無視して孤立させるのが、いじめの古典にして常套《じようとう》手段なのに！）。

自分の性格を、自分でも説明できないのだ。不幸の星の影響で暗い性格に生まれついた、というしかない。

実家で、母が作った夕食をワイワイと食べたあと、一人暮らしのマンションに帰る。急にシンとして、ほっとはするが、少し寂しく、そして、わびしい。

そのわずかな寂寥《せきりよう》感が心地いい。だが、心地よさに甘んじてはいけないと、警戒ブザーが鳴る。

これは通過点だ。このまま年をとっていくのは、絶対にイヤだ。そう思いながら、静寂を破るためにオーディオプレイヤーをコンパクトスピーカーにつなぐ。

美結はテレビを持ってない。パソコンとスマホがあれば、テレビなんか要らないのだ。

でも、音楽はいる。

聞き、かつ、鼻歌として歌う。そのための音楽。

目を閉じて。キスするから。心のすべてを君に送るよ——子供っぽいくらいシンプルでストレートな愛の言葉が、少し鼻にかかった若々しい声で語りかけてくる。

ビートルズの『All my loving』。

今どきの二十代でビートルズ・ファンだなんて、嫌みなくらいの音楽通か、二十世紀の亡霊に身体をのっとられたゾンビか、とにかく、浮いた存在に違いない。

たまに、ちょろっとビートルズが好きと同世代に漏らすと、「へえ……」と微妙に引かれる。それが、めんどくさい。リアルタイムでビートルズを聞いた世代に、へんに親近感持たれるのもうざいし。

だから、あまり人には言わない。

一九六〇年代の音楽には、父親を通して触れた。高校生のときからバンドを組んでいたという父が、ギターを弾いては歌っていた。

そんな姿を見るのは気恥ずかしかったが、かっこいいなと思わないでもなかった。なにより、歌が耳に馴染みやすかった。メロディーがきれいで、歌詞の意味が深い。

初期のビートルズは単純なラブソングばかりだったが、すぐに深い内容に変化している。二十代前半で哲学の域に達しているのだ。

歌い方も、六〇年代末から七〇年代のものは今と全然違う。

今の歌手たちは、ソロだと切々と訴えすぎ、グループになるとやたら機械的。リズムやサウンドの作り込みが先立って、言葉が音の後ろに隠れて聞こえづらい。

ビートルズの歌も当時の大人たちに「うるさいだけ」と罵倒《ばとう》されたそうだが、美結の耳には歌詞が十分聞き取れる。歌い方も、ラブソングは甘く、とんがった内容だと攻撃的。シンプルなぶん、力強い。

ビートルズが叩かれたのは、音楽性だけではない。マッシュルームカットが「長すぎる」「不潔」「吐き気を催す」と、猛烈に批判された。

二十世紀の遺産であるビートルズについて、美結はネットでいろいろ学んだのだが、あの程度でバッシングだなんて、その頃の時代の空気がまるでぴんと来ない。五分刈りとか刈り上げなどの短髪のほうが、むしろ怖いよ。ネオ・ナチとか、やくざを連想させる。じゃなきゃ、ヘンな人。

時代は変わる。ボブ・ディランがそう歌ったのも、六〇年代。

そして、本当に時代は変わった。

二十一世紀においては、「新しい」ことが一番エライ。

男の子が髪を腰まで伸ばしても、逆にスキンヘッドにしても、女の子が下着を見せても、はたまたスキンヘッドにしても、拍手で迎えられてしまう。

斬新さや大胆さを求められる。それが若さだからと。

そんなこと言われても……と、今の二十代は困っている。

新しい発想って、何よ。そんなもの、ないよ。体力だけよ、あるのは。それだって、ちょっとアヤしい。わりにすぐ疲れる。

ストレスのせいだと思う。電磁波は飛び交うし、環境は汚染されまくりだし、上の世代はうるさいし。

上の世代にうるさく口出しされるのは、父親たちも同じだったそうだ。でも、古い価値観を壊そうとしていた一九六〇年代の若者と、今の二十代は状況が違う。おまえたちはダメだと全否定されるのも、自分たちに従えと言われるのは同じだけど。

でも、一九六〇年代の若者のほうが幸せだったと、美結は思うのだ。反発して、自分たちの文化を創り出すエネルギーがあった。時代そのものが若かった。上の世代がはっきりと、老いていたからだ。

今の二十代を抑圧するのは、団塊とバブルだ。

この二つの世代は、「若さ」に価値を置いている。自分たちは若い。若者たちより若い。そう思っているのだ。

そういうところに、すっごく腹立つ。

今日も元気一杯のバブル山元が、取引先とのミーティングに先立って、挨拶にやってきた。そして、顔馴染みの担当営業マン、野々村開《ののむらかい》に声をかけた。

「ノノくん、今度、飲みに行こうよ」

ノノくん⁉

美結のうなじで、産毛《うぶげ》がゾワッと逆立《さかだ》った。

なに、そのペットみたいな呼び名は。

「あ、はい。いいですね」

なんて、おまえも答えるなよ。バブル女が図に乗るだろうが。

「いいですねって、口だけじゃダメよ。会食に使えそうな新しいお店開拓したから、下見ってことで、どう」

ほら、こういうことになるんだよ。

例によって、打ち合わせの裏方役を務める美結は、全身を耳にして二人の会話を聞き、かつ、心の中で荒々しく横槍《よこやり》を入れた。

「はい。じゃ、うちの徳居《とくい》にも声かけてみます」

そうそう。ぜひ、そうしなさい。

しかし、そのくらいで引っ込む里佳子ではない。

「二人だけでも、いいんだけど」

冗談めかして、クネッと腰をひねる。だが、上目遣いの目力は相当なものだ。開はあからさまにたじろぎ、弱い微笑を作った。

「……エヘヘ」

エヘへじゃないでしょうが。「またまた、ご冗談を」とか、こういうとき専用の逃げ口上があるのだよ。

できるものなら、美結が「それ、セクハラですよ」と釘を刺して、邪魔してやりたい。しかし、現実の美結には、そんな度胸はないのだ。だから、ますますイライラが募る。わざとペットボトルを転がしたり、サイドテーブルの花瓶の下に水滴をみつけたという思い入れでダスターを使ったりして、その場に居座る時間を長引かせるのが、せめてもの腹いせだ。

しかし、常にヒロイン気分の里佳子は脇役が何をしようと目もくれない。

「ハッハ、冗談よ」

軽く笑って、開の肩に手を置いた。そして、彼の目をのぞき込む体勢。

虫酸《むしず》が走る！

「ノノくんも、もう新人に教える立場なんだから、このくらい、軽く受け流してよ」

おー、気持ち悪い！

あんたに似合いの相手は五十男だよ。わたしの男に手を出すな！

と言ってやれたら、どんなにいいか。

開は、工務店リフォーム部門勤務の二十七歳。美結より年下だが、一つの差なんかないたしの男」に内定の段階。

正直に言うと、いまだ「わたしの男」にロックオンできてない。あえて言うなら、「わ

顎《あご》が発達した縄文人型のいかつい顔立ちは、おひな様ばりの童顔男が蔓延《まんえん》している昨今、むしろレアものといえる。そして、その旧式に男らしい顔と反比例する、何事にも自信なさげなフニャッとした物腰。

実に頼りないのだが、そこがカワイイ。目から鼻に抜けるタイプではないだけで、性格的に未熟な甘ったれ坊やではないと見た。

加えて、シングル。そこが最大のポイントだ。

内心、結婚をものすごく焦っている身として身近にいる結婚可能な人材を検索したところ、彼がヒットした。というか、彼一人しかいない貧しい環境にいるのだ。ああ、情けない。だけど、いないより、まし。

彼女がいるかどうかまでは知らないが、いたって構わない。まだ結婚していないのだから、遠慮することはない。不倫はイヤだが、未婚の段階での略奪愛は、ありでしょう。なーんて言ってみただけです。

略奪なんて、できるわけがない。アプローチさえ、まともにできていないのに。

こんな風に来社したときに、お茶を出しに行って、ついでに言葉を交わすのが唯一のチ

ヤンス。この役得があるから、取引先とのミーティングの雑用係を引き受けているとも言えるのだ。

で、少しはしゃべったりする。だが、天気がどうだとかコンビニの新作弁当を食べたかとか、当たり障りのない世間話ばかりだ。それでも、気が合うんじゃないかな、みたいな感触はある。嫌みがない、というか、無理せず会話を進められる雰囲気があって……。

ただし、その感触を開も感じているかどうかが、わからない。それを確かめるための方法も、わからない。

女子力がない。

認めますよ。けどね。人間力を買ってほしい。

って、無理か。トホホ。

こんな風にヤキモキしているのに、貴重な二人の時間を里佳子に持っていかれる。

それだけでなく、里佳子は本当に開を食事におびき出しそうだ。

この女は、やると言ったらやるのである。

なんで、こんなに強気になれるのか？

不幸の星の下に生まれたおかげで、どうしようもなく控え目 too much の美結は、バブルの爪《つめ》の垢《あか》を煎じて飲めってか？

battle 2

バブルで悪いか！

1

バブル女は「死ねばいい」、と思われているそうだ。

二〇一〇年に出版された、こんなタイトルの本を山元里佳子が購入したのは、一に自分が一九六八年生まれのバブル女だから。二にその本がよく売れたと聞いたからだ。売れた。流行りだ。最新。最先端。

この種の冠がつく物や事柄には、鋭く反応せずにはいられない。バブル女のサガなのよ、オッホッホ。

本は斜め読みした。というか、本でも新聞でも雑誌でも、あるいはメールもツイッターも他人のフェイスブックも、そして外国映画の字幕さえも、あ、それから仕事の書類も、およそ、この世に現れる活字という活字は「パッと見」で対処する癖がある。じっくり読むって、性に合わないのよ。パッと見るだけで大体、間に合うし。

里佳子はネット・ショッピングのヘヴィ・ユーザーだが、そこには必ず、購入する前に以下の規約を読んで同意せよという項目がある。だが、同意のチェックボックスは長々しい規約の手前にあって、読まなくてもチェックできるようになっている。

ネット・ユーザーはみんな、せっかちだ。動作がちょっと重くなるのにも耐えられないのに、小難しげな言い回しがダラダラと続く文書を読むのなんか、真っ平ごめん。というわけで、読まずにチェックを入れる。

それを逆手にとって、規約で説明責任は果たしているからと返品やクレームを受け付けない悪徳業者がいる。だから被害を防ぐためにちゃんと読めと、消費者問題が起きるたびに誰かが言ってるけどね。

里佳子は楽観的だ。大手の買い物サイトを利用しているから、ひどい業者はいないはずだもの。

問題はむしろ、衝動買いしてしまいがちの自分にある。

買っただけで一度も着てない服とか使ってない掃除機とか、浪費物件は山ほどある。

お買い物、大好き。そういう人種は、買うという行為が好きなのであって、商品自体にはさほど思い入れがない。思い入れがあったら、新製品というだけですぐさま別の物品に乗り替えるわけがない。

そして里佳子は、自分のそんな性分を「よくない」などとは、みじんも思ってない。それがバブル世代の悪しき特徴と言われれば、「ああ、そうですか」と軽くいなして、ついでに「だから、何？」「悪い？」と反論したい。

そりゃ、買い物依存症で支払いできないのに衝動を止められないのなら、明らかにダメよね。でも、わたしはそうじゃないもの。ちゃんと支払い可能額の範囲内に収めている。大体ね、買い物しないと、経済が活性化しないのよ。買い物好きな人間が、日本という国を支えているのだ。買い物依存症も病気だけど、貧乏性も一種の病気だってこと、認識してほしいわね。

とにかく、そんなわけでタイトル買いで手に入れた『バブル女は「死ねばいい」』を斜め読みしたところ、どうやら羨《うらや》ましがられているらしいとわかった。

そうでしょうとも。里佳子は大きく頷いた。

だって、楽しかったもん、バブル。

だからといって、「昔はよかった」と回顧モードに入って、ため息ついてはいませんよ。ノスタルジーに浸るには、若すぎる。

バブル全盛期は女子大生で、いつか自分が四十代になるなんて想像もしなかった。四十代といえば、相当の年。それが二十代の頃の認識だった。

けれど、二〇一三年現在、ちょうど四十五歳なのだがこれがけっこう、よいのだよ。まだ勝負できる。少なくとも、近頃の二十代には勝ってる。だって、みすぼらしいんだもの、今の二十代。

森ガールだか山ガールだか知らないけど、もっさりした服着て、ハイジとかナウシカとか、そういうキャラに自分を重ねたいわけ？　海ならビーチ。山ならゲレンデ。豊かな自然があるところって、遊びに行く場所でしょう。それなのに、「癒やされる」だの「生き返る」だの、そういうことを自然に求めて、いかにも都会で働くのは仮の姿で、ここにこそ本来の自分がいるのです、と言わんばかり。

だけどスマホで写真撮って、ツイッターにアップしてるってことは、文明の圏外には行かないんでしょ？

バブル女は自分大好きだって悪口言われるけど、森だの山だのガールズはエコな自分が大好きなんでしょ。どこが違うのよ。偽善じゃないさ、ばかばかしい。

本当に好きなら、都会の会社勤めなんかさっさと辞めて、林業や農業に精出して、日本の食糧自給率をあげてほしいわね。

中途半端なのよ、あんたらは。

こんな風に怒ると、若さに嫉妬《しっと》してるとか言われるのよね。でも、そうじゃない。むしろ、若いっていいなあと思わせてほしいのに、そうじゃないのがもったいなくて、じれったくて、イライラするのだ。

2

プライベートで下の世代との付き合いがほとんどない里佳子にとって、二十代代表は会社の後輩ＯＬたちだ。

目につく範囲内に、派遣も含めて五人いる。これが、揃いも揃って暗い。かつ、地味。三年目の荒井《あらい》は昼休みに窓際で文庫本（スマホでじゃなく、リアル本よ！）熟読したりして、若い女のくせして、オタクっぽい。文庫本なんか読むより、ファッション雑誌でも見て、後ろでくくってるだけのヘアスタイル、なんとかしなさいよ。

と、すごく言いたい。でも、我慢する。

荒井だけではない。

五年目の筒見《つつみ》も六年目の才川も、気合いが感じられないぼんやりメイクと、エクササイズしてなさそうな姿勢の悪さと、家で洗濯できて丈夫で何にでも合わせやすそうな色と素材の、ファッション性のかけらもない通勤着など、ツッコミどころ満載の大ボケぶりが一致している。

そんな風じゃ、モテないわよ！

そう言ってやれたら、どんなに気持ちがいいだろうと思う。

というか、酔っ払ったら、絶対に言う。残念なことに、あの子らは付き合いが悪くて里佳子とじっくり飲んだことがないから、ぶちかましてやる機会がない。

仕切りたいとか、自分のセンスを自慢したいとか、そういうことじゃないのよ。ほんと、親切心からなんだから。

なんで、それがわからないかねえ。あの子らは。


大体、里佳子を見る目つきが恨みがましい。不愉快だったら、ありゃしない。

なんで⁉　わたしにどんな落ち度があるって言うのよ。

と、わけがわからないまま、それなりに胸を痛めていたのだが、本のおかげで腑《ふ》に落ちた。

世の中ずっと不景気だから、バブルを楽しんだ里佳子の世代が羨ましくて、仕方がない。その羨望が、憎悪にまで発展している。そういうことだったのね。読書って、やっぱり、するものだ。

おかげで、下の世代がバブル組を羨む気持ちは理解できたが、恨まれるのは不当だと里佳子は言いたい。

そりゃあ、就職は楽でしたよ。

就活なんて言葉は存在せず、学生側の売り手市場で値段はいくらでも吊り上がった。企業は福利厚生のよさで競い合い、囲い込みのため、リゾート地に招待して他社の就職試験を受けさせないようにするなんてことまで行われた。

里佳子の会社では、インテリア・コーディネーター養成講座が社内にあり、成績がよければ専門職としての独立もサポートするとまで、会社案内で公言していた。

バブルの頃はインテリア・コーディネートやフラワー・アレンジメントといった、こぎれいな技能の資格が幅をきかせていた。給料をもらいながら、結婚後も主婦の副業としておしゃれに稼げる技術を身につけられる。お得感たっぷりのオプションだが、当時はこれでも、ぱっとしないほうだったのだ。

採用枠も多く、里佳子の同期は男女それぞれ十人ずつ、合わせて二十人いた。

だが、その後すぐにやってきた不景気の荒波に揉《も》まれて、ボロボロと振り落とされていった。同期で残っているのは、男子三人、女子ではなんと、里佳子一人だ。

売上げは劇的に減り、里佳子が就職するときに売り物のひとつだった海外研修制度はすぐになくなった。インテリア・コーディネーター養成講座は口約束に終わり、温泉地の保養所も売却された。

待遇面は劣化の一途をたどり、昇給は雀《すずめ》の涙。ボーナスに至っては、出るだけありがたいと思え的なしょぼさで、現実の厳しさを痛感させられた。

里佳子はそれらの試練に耐え抜いたのだ。

そのところが、下の世代はまったくわかってない。知ろうともしない、と、里佳子は憤慨している。

あの子たちって、ほんと、内向きで、自分たちにしか興味がない。

ま、仕事はちゃんとこなすけどね。でも、それだけ。

上司との会話は業務連絡だけみたいな愛想のなさは、どうよ。笑顔を向けることもない。あれなら、ロボットのほうがまし。

里佳子は、ＯＬたちの教育係だ。主任に昇格したときから、上層部に「それを期待している」と言われている。

何を教育してほしいかと言えば、ズバリ、明るい雰囲気を醸《かも》し出す気配り力だ。厳しい経済状況に耐え、かつ、乗り切るためには、女の子たちに明るく優しく感じよくあってほしい。シビアな営業をかけて戻ってきたとき、ほっとできる。そういう職場であってほしい――。

それが営業マンの願いだと、楠木《くすのき》営業本部長は言う。

「こんなこと言うと、ＯＬは社員の母親でも妻でもないって怒られるけどさ。営業部のＯＬはサポート役なんだから、精神面のケアも考えてほしいんだよね。なにも、社外でもそうしてくれって言ってるわけじゃないのに、事務処理さえサクサクできればいいだろう、みたいな割り切り方が寂しいよ」

里佳子より二年先輩の本部長は、四十七歳。バブル世代でもある。いい目も見ているが、その後の不況を乗り越えて所属部署のトップにまで出世したポストバブル・サバイバル組だ。

里佳子は新人の頃、よくおごってもらった。というか、今でもおごってもらう。四十を過ぎて以来、おごり飯にあずかる機会が激減した里佳子にとって、彼は貴重な存在だ。

実を言うと、入社二年目の頃、それとなく、食事の後も一緒にいたい的なアプローチがあったが、社内不倫はご法度が自分ルールの里佳子が断った。割り切りの早い彼はそれを受け入れ、その後は「女子社員の意見を参考にしたい」という名目で誘うようになった。

彼の真の目的は、心置きなく愚痴を言うことだ。会社の方針や取引先への不満、そして気に入らない上司と部下への個人攻撃を思いきり語れる相手は限られる。

里佳子は、愚痴の聞き役を務めてやっているのだから、おごられて当然と思っている。だから、恐縮しない。おごられ飯用のレストラン情報をファイルしているくらいだ。

さて、彼の愚痴の多くは直属の上司と部下の営業マンに対するものだが、たまに若いOLへの不満が含まれる。

それは教育係である里佳子への不満でもあるから、「もっと、なんとかならないのか」

と叱責の言葉から始まる。

しかし、その内容は里佳子が感じていることとピッタリ重なるので、「そうなんですよ」「だろう？」と肯定の応酬で、自然と盛り上がってしまう。

気をよくした楠木本部長は「やまもっちゃんはいつも元気よくて、うちの営業のオアシスだったもんなあ」などと、目を細めるのだ。

里佳子が新人ＯＬ当時、彼は三年目ですでに花形営業マンだった。

あれから二十三年。

楠木が平の営業マンから課長になり、部長になり、本部長になり、さらに上を狙う段階にまでステップアップする一方、里佳子は主任のままで、いつまで経ってもＯＬの教育係を期待されるだけ。

だが、里佳子は深く考えないことにしている。

同期入社女子十人のうち、三人が総合職だった。そして、全員、五年以内で辞めた。総合職のプレッシャーに負けたのだ。

景気が悪くなると、営業の最前線に立つ者は風当たりがよりきつい。極端な話、生理が重くて具合が悪くても休めない。デートもできない。旅行にも行けない。

バブルで豪華に遊び暮らしたぶん、自由を奪われる息苦しさに耐えられなかった――

と、里佳子は見ている。

一般ＯＬの里佳子は当初こそ、給料の額面や総合職の権利であるキャリアスーツ姿で格差を見せつけられる口惜《くや》しさに歯嚙《が》みしたが、今では一般職で命拾いしたと思っている。物事のジャッジは、時間が経たないとできないものだ。

もっとも、総合職で退職した同期とは付き合っていないから、彼女たちが今、どんな境遇にいるのかはわからない。あっさり結婚して専業主婦になった者もいれば、転職を繰り返して今はスーパーのパートをやっている者もいる、などということはすべて、伝聞だ。

一般職同期七人との縁も薄い。

寿退社が三人。病気退職が一人。転職が一人。理由不明の消息不明が一人。その中で、今も付き合いがあるのは神代玖実《くましろくみ》だけだ。

玖実は二十七歳のとき、仕事を通じて知り合った建築家のアシスタントと結婚した。コンクリート打ちっ放しの建物が一世を風靡《ふうび》した時代、建築家もスターだった。玖実が建築家夫人になると思うと、ヴァレンティノのドレスで披露宴に出席しつつ、里佳子の胸は羨望《せんぼう》の暗雲でふさがったものだ。

だが、玖実の夫は甲斐性なしで、アシスタントという名のパシリに過ぎず、独立の気配も見せない。玖実は一人娘が小学校を卒業したときから、輸入衣料品のセレクトショップでパートをしている。

家計を助けるためというより、家の外に出たいからだ。

妻でも母でもない、一人の女としての時間が欲しい。おしゃれをし、会話を楽しみ、かつ、自力で稼いで収入を得ることで自信を確保したいのだ。

世界はバブル女のためにある。家の中に閉じこもるなんて、アンビリーバブルだ。

だが、時間給のパートでも、ぼんやり過ごせるほど甘くない。シーズンごとの売り出しやバーゲンのたびに、集客キャンペーンが行われ、客を呼び寄せればボーナスが出る。

里佳子は玖実のため、招待状が届くたびに買い物に出かける。高級が売りだから、そう安くはない。買い物好きの里佳子にとっても、いたしかたない交際費の分野に入る、あまり嬉しくない出費だ。

「里佳子は気っぷがよくて、助かるわ」と、玖実は感謝する。

まったく、わたしってお人好し。と、里佳子は思う。

それに比べて、最近の二十代はあからさまに自己中心的だ。

以前、会社の女の子を連れてきてほしいと玖実に頼まれたので、声をかけたことがあった。すると、あろうことか、全員があっさり断った。

荒井の「こういうのは似合わないので」という理由は、まあ、許せる。森ガールの筒見が「趣味が違う」というのも、許そう。だが、才川美結の言い訳は、「お金がない」である。

なんなんだ、その身も蓋《ふた》もない言い草は。

入社六年目の中堅どころらしく、教育係のサブとして働いてほしいのに、こいつが一番、里佳子の神経を逆撫《さかな》でする。

新人の頃はまだ、可愛げがあった。ご飯に誘って、いろいろとアドバイスしてやるのをうんうんと頷きながら聞いていたのだ。それが、三年目を過ぎた頃から生意気になってきた。

しょっちゅうではないが、要所要所で口答えする。

ショッピングに誘われても、「行けたら行きます」くらいの曖昧《あいまい》表現でかわせるはずだ。それが、言うに事欠いて「お金がない」。それだけではない。

「カットソーで一万円超えるなんて、考えただけで怖いです」と、まるで悪徳商法に勧誘されたみたいに顔をしかめた。

「洋服よ。何回か着れば、減価償却できるじゃないの」

つい、せこい説教をしてしまった。

本当なら、「いいものを着て女っぷりをあげるという発想がないの⁉」と、ぶちかましてやりたい。そこをぐっと我慢して、相手に合わせた言い回しで教え諭《さと》してやろうとしているのに。

「いやー、わたし、こういうの着たいという気にならないんで。すみませんけど」

申し訳の言葉を付け足す才川の目にかすかな軽蔑の色があるのを、里佳子は見逃さなかった。

物欲の塊のバブル女がおバカな散財をして、一人バブル崩壊するがいい――。

そう思っているに違いないのだ。

残念でしたわね。わたしは買い物好きだけど、ちゃんと貯金もあるのよ。住んでいるのは、自分名義の分譲マンションだしさ。

カードはゴールドを三枚持ってるけど、限度額を超えたことはないし、借金は住宅ローンだけ。

シングルだから楽なのだと言われれば、その通り。でも、シングルインカムで健気に頑張っているというところも、ちゃんと見てほしいわね。

バブル崩壊で、里佳子自身もいろいろ損失を蒙《こうむ》っているのだ。マンションはバブル価格で購入したから、あまりにも激しい資産価値の目減りにすごく傷ついている。それでも、自動引き落としの額面に目をつぶって、やり過ごしているのだ。

株取引も時流に乗ってやっていたから、持ち金が一瞬で消える恐怖も味わった。それに懲《こ》りて、その後も続いたＦＸとか外貨預金などの勧誘はすべて、見向きもしなかった。この点では、よくやったと、自分をほめてやりたい。

新しもの好きだが、形のないものや価値が変動するものには金を遣わないと決め、その姿勢を貫いているのだ。ストイックと言っても、過言ではない。

おかげで、当面の金に困らない質実剛健の生活を維持しているのだ。エライ。

あ、それで思い出しちゃった。

DINKSという言葉があったな。

ダブルインカム・ノーキッズ。カップルが二人とも働いて、子供がいないから、お金は遣い放題。それが最先端の生き方だった八〇年代後半。

あの頃は、出生率の低下なんか誰も話題にしなかった。なんでだろ。

しかしながら、里佳子のまわりのバブル女たちは、ほとんど結婚して子供を作った。それどころか、高齢出産に執念を燃やすバブル女もいる。出生率の低下は、下の世代がぼーっとしているからだ。

無論、社会のほうに働く母親へのサポートがないのが問題だけど。でもねえ。里佳子に言わせれば、若い世代は慎重すぎる。

シングルの里佳子に言われたくないだろうがね。まだ結婚してないというだけで、一生一人と決めたわけじゃないのだよ。今まで、その気にならなかっただけのこと。

DINKSに単純に憧れたのは、若気の至り。バブル世代はバカじゃない。あの頃の流行や現象は、ほとんどお笑い種だとわかっている。実際、笑い話のネタにしている。

そう言えば、DINKSに似た言葉があったな。

DKNY。

新社会人の頃、クローゼットに並んでいたダナ・キャランの服も、今はどこにしまい込んだかさえ思い出せない。

アライアは今、どうしているんだろう。ジュンコシマダの二十万円もした黒革のスーツは、この間まで持っていた。でも、今はない。

着られないわけじゃない。ヨガとダンス・エクササイズでプロポーションを保っていますからね。でも、あの頃と同じファッションに身を包む気になれないのだ。

前髪おっ立てたヘアスタイルを二度とやる気になれないのと同じこと。

流行り物好きの血がとうとう流れるバブル女は、新しいものしか目に入らないようにできている。

ディスコという言葉も、里佳子の辞書からは消えている。

そりゃ、思い出したら、脳裏にくっきり浮かび上がるけどね。使わないわよ。死語だもの。

お立ち台？

そりゃ、あの頃は乗りましたよ。ピチピチのスカートのお尻振って、踊りまくったわよ。今だって、飲み会の余興でやれと言われりゃ踊ってみせるわ。経験値が高いということよ。新しいものも古いものも、両方知っている。経験リッチと呼んでちょうだい。

ジュンコシマダの黒革がなくなったのは、断捨離したからだ。あれは効いた。洋服をすごく捨てた。クローゼットに空きができて、気持ちが楽になった。

要らないものを捨てずに溜《た》め込んでいるのは、ほんとによくない。断捨離で、それを思い知った。

捨てるって、気持ちいいわ。心置きなく、新しいものを買えるもの。

断捨離は人生のクリーンアップを図るもの。本当に必要なものだけを持つ。つまりは、現在の持ち物を自己検分して、余計なものを増やさないのが目的ってことくらい、存じてますわよ。

断捨離して、また買い物に励むのは、本末転倒なんでしょ。わかってるってば、うるさいわね。

でもね。新しもの好きが景気を盛り上げてきたんじゃないの？

新しいものがこの世に現れると、手にしてみたくてウズウズする。このウズウズが、里佳子は大好きだ。エネルギーって、こういうものでしょう。このウズウズこそが、若さのバロメーターという気さえしている。

えっと、なんだっけ。

子供？

結婚？

服？

あら、何が問題だったのかしら。

もとをたどれば、えーっと、楠木本部長がわたしの社内での存在感をほめたのよね、確か。で、里佳子はこう答えた。

「わたし、暗いのダメなんですよ。だから、自分のまわりだけでも、明るくしたくて」

「そういう気配りが、今の子にはないんだよねえ」

本部長はため息をついた。

ほんとよ。

ついこの間も、玖実の店のバーゲンに、才川を誘ってみた。

バーゲンよ。高いから買えないという言い訳は、通じませんよ。大体、バーゲンと聞けば目の色を変えるのが、女って生き物でしょう。何も買わなくても、見るだけでも楽しいものなのに、才川ときたら「いやあ、多分、買わないと思うので」と、あからさまな作り笑いで誘いを押し返した。

先輩の誘いよ。顔だけでも出すのが礼儀ってもんでしょう。

「見るだけでいいのよ。そのくらい、できるでしょう」とやんわり説教してみたが、「見るだけで買わないほうが心苦しいですから」なる妙な理屈をこねた。

「すみません」と、とってつけたようにつけ加えるのが憎たらしい。

おかげで、里佳子は一人で行って、役に立たない後輩のぶんまで買い物しなければならない。

お礼にランチをおごると、玖実は言った。といっても、千円のパスタランチだ。同僚OL時代には、タクシーに乗って話題のフュージョン料理屋で二千円のランチを食べていたのに。

あの店もつぶれたな。あの頃通った店で生き残っているのは、ほとんどない。

ほんと、時代は変わる。

アイスクリーム専門店が登場したのは、里佳子が女子高生だった頃。ニューヨークで流行っているなら日本でも、とばかり、上陸したホブソンズとハーゲンダッツが行列の長さを競った。

それが今や、ハーゲンダッツはコンビニで買えるし、女子高生が群がるのは昭和の匂い漂うソフトクリームだったりして、ほんと、流行はくるくる変わる。

あの頃、最前線で歌い踊っていたのは、マイケル・ジャクソンとマドンナ。

マイケルは死んだけど、マドンナは健在。デビューしたてのマドンナは、いかにも一発屋っぽかった。それなのに、ずっとトップを走っている。

消えたもの。生き残っているもの。こうして振り返ってみると、しみじみしちゃう。

そして、やっぱり、あの頃は面白かったなと思う。

バカバカしいものに溢《あふ》れていた。

今は、違う。不景気って、寂しい。寂しいよ、ほんと。

やーねえ。不景気なんて、大っ嫌い！

3

玖実の願いを聞いてやる里佳子は、まったく、付き合いがいい。

だが、二十年以上もつかず離れずの付き合いを続けている玖実だからこそ、なのかもしれない。他に、長続きしている友人が里佳子にはいない。

人間関係においても新しもの好きの性分が働くのだろうか。生きるステージが変わると、自然と遠ざかる。その繰り返しだった。中学生じゃあるまいし、「わたしたち、ずっと友達でいましょうね」と誓い合うなんてことはなかった。

あれも、バブルのせいかしら？

あの頃って、出会いの場だらけだったな。イベント目白押しのうえ、みんな積極的。楽しいことが大好きで、すぐに名前と連絡先を教えあい、「ご飯しようよ」「この間オープンしたあの店、行った？」「夏はどこに遊びに行くの？」と、男女の別なく情報交換して、いとも簡単に再会を約束したものだ。

やたらと「絆」を求める昨今だが、あの頃は友情に過剰に期待することはなかったような気がする。

その時々に一緒にいて楽しい人がいたが、その中に「一生ものの友達だな」と感じられる人はいなかった。まあ、女友達より彼氏探しに重きを置いていたせいもあるだろう。

当時は、三高なんて言葉があった。

高学歴、高収入、高身長。

バブル女の傲慢さのシンボルとしてあげつらわれる言葉だが、それほどひどいか？と、里佳子は思っている。

いつだって、女は三高を望んでいるでしょう。でも、現実にはそうはいかない。だから、まあ、一に収入、二にそこそこの学歴、身長は高くなくてもいいというところに落ち着いている。

バブルの頃だって、そうだったのだ。この三条件をフルに満たす男なんていないことくらい、わかっていたわよ。

ただ、欲望に正直なわたしらは、謙虚なふりをしなかっただけ。そして結婚するならリッチな男と、と思っていた。でも、その前にたっぷり遊んでからとも思っていた。

男の子がいるところでは、まず、恋愛対象探しのアンテナを立てた。

そのとき、三高は背後に押しやった。恋人の条件は、一緒にいて楽しいこと。それだけだった。

ティファニーのアクセサリーや豪華なクリスマス・ディナーを提供しないと、バブル女は承知しなかった……みたいなことを言うやつもいるけど、そんなこと、ないよ。

あれは、男の子たちが勝手にやってただけ。そりゃ、プレゼントしてくれるのが普通になると、何もくれない子は「ケチ」で、相手にする意味なしと振り捨てたものだ。だけど、言っておくが、ケチな男はいつの時代も嫌われるよ。

ケチな男は、人を喜ばせたいという気持ちがない。つまりは、性格そのものが悪いのだ。

今の二十代だって、ケチは嫌っている。この間、ショッピングモールの女子トイレの個室にいたとき、化粧直しに来た二十代らしき女二人の会話を聞いた。

「初めてのデートで割り勘する男って、どうよ」

「えー、貧乏なの？」

「サラリーマンよ。不景気できついとは聞かされてたけど、支払いの段階になって、レシート見て、さらっと、一人千五百円だねって」

「ないない、それはない」

「でしょ。今度はいつ会えるって訊かれたから、連絡するって言って、ぱぱっと別れた。帰りの電車で怒りのＬＩＮＥしまくり。ツイートもしてやった」

「わかる、わかる」

男どもよ。近頃の女の子は山だの森だの言ってるから素朴で純情だと思い込んだら、大間違いよ。専業主婦になりたい、養ってほしい、それが願いだから、ケチ男は最低最悪なのだよ。

だが、男どもよ。これって、当然だよ。里佳子はそう言いたい。

だって、男のほうが給料いいんだもの。出世もするし。わたしなんか主任止まりで、これより上はないのもわかっている。その理由は、女だから。

里佳子はその昔のフェミニストのように、差別撤廃を求めて闘うという発想はない。差別を許してやるぶん、穴埋めを要求する。それが里佳子の考え方だ。

給料のいいほうが、おごる。男は女のために金を遣う。ケチは不可。ケチを愛するなんて、無理。

だからね、二十代女子たちよ。わたしはあんたたちの気持ちを理解してるのよ。応援してるのよ。里佳子はそう言いたい。

大体ね、「人生の先輩から学ぼう」とか「もっと、ましになろう」みたいな向上心がないのは、問題よ。

里佳子に言わせれば、会社の二十代女子らは努力が足りない。一言、「里佳子さん、女の先輩としてアドバイスお願いします」と頭を下げてくれれば、そりゃもう手取り足取り、お教えしますよ。

結婚願望があるくせに、恋愛下手なんだから。もう、ほんと、見ててイライラする。

たとえば、才川は取引先の野々村というお坊ちゃんに気がある。でも、ウジウジしている。

里佳子は身を以て教えてやろうと、才川の目前で野々村にアプローチする。

才川が目を吊り上げている様子を見ると、「ザマアミロ」だ。ちょっと、胸がすっとする。口惜しかったら、あんたもチャレンジしなさいよ。そうハッパをかけている姉御心がわからんかね、このボケが！

おおかた、シングルの里佳子じゃ参考にならないと思っているのだろう。

だから、結婚できなかったんじゃなくて、しそびれてるだけだってば。

なぜ、しそびれたかというと、うーむ、お手軽恋愛に邁進《まいしん》していたからかも。

女子高生の頃から、女の子であるだけでもてはやされ、チヤホヤされるものだから、男の子に優しくされるのを人生の喜びにした感がある。

いつも男の子の目を意識し、彼らの関心を引き寄せ、かつ上手に甘えて、ことを優位に運ぶコツなんぞも身につけた。そうすると、恋愛関係は簡単に成立する。それで、けっこう休みなく恋愛から恋愛へと飛び回っていたら、三十を過ぎてしまったのだ。

他にも、家族、ことに両親と仲がよく、そのせいか両親とも里佳子がいつまでも結婚しないことに小指の先ほどの懸念も示さなかったせい、というのも考えられる。

里佳子は三人姉妹の真ん中である。長女と妹は結婚しており、ただ一人残った未婚娘という状況だ。

里佳子と両親は仲がいいが、父と母はもう長いこと、互いに「敬して遠ざける」関係だ。

血液型A型の父とB型の母は、根本的なところでまったく気が合わない。どこに何をしまうかという細かいことで、どちらかがうっかり口火を切ると、妥協点が見つからない無意味な口喧嘩が始まってしまう。だから、互いにテリトリーを尊重することによって、不愉快を避けようという不可侵条約が締結されてから、かれこれ二十年は経つ。

冷戦時代の米ソ関係みたいなものだと、母は笑うのだ。

「里佳子に結婚願望がないのは、わたしたちのせいかもしれないね」

今年の正月、実家で母と二人きりで熱燗《あつかん》をやりとりしているとき、母がぽつんとそう言った。

「親がいいお手本だったら、あんな風になりたいって自然に思っただろうに」

だったら、結婚した長女と末っ子はどうだというのだ。里佳子がその点を指摘すると、母は酔眼《すいがん》を細めた。

「あの二人は、旦那にぞっこんになっちゃったからよ」

それを聞いて、里佳子はムッとした。

恋愛の数はこなしたが、ぞっこんにさせてくれる男には出会ってない。そこを突かれたような気がしたからだ。

「言っておくけど、わたし、結婚願望がないわけじゃないからね」

里佳子は母に釘を刺した。

「ぞっこんの相手と出会うのが遅れてるだけよ」

「そうかもしれないけど、結婚しない生き方もいいと思うわよ、お母さんは」

母は自分の盃《さかずき》の上でお銚子《ちょうし》を逆さに振りながら、ため息と共に言った。

「ひとりで生きると決めたほうが、年とってからの面倒が少ないもの。情が移るとよく言うけど、情が移らない人とは、どれだけ時間をかけても平行線のまんまよ。名ばかりの夫婦だなって、年とってから思うのって、寂しいもんよ。人生ってなんなのかと思っちゃう」

七十五歳の母が漏らした愚痴に、里佳子はイヤな気持ちになった。さらにゾッとしたのは、その次の発言だ。

「娘と母親が二人暮らしの家って、多いのよ。一緒に旅行したりして、女の子を産んでおいてよかったって、みんな、言ってる。男の子はお嫁さんに取られちゃう。でも、それはまだ、いいほうで、息子がひとり者だともっと厄介《やっかい》なんだって。旦那が二人いるようなもので、いつまでも手がかかって困るんですってよ。おたくは里佳子ちゃんがいるからいいわねえって、羨ましがられる」

これでは、一生シングルで母と二人暮らしをしろと要求されているようなものではないか。里佳子は慄然《りつぜん》とした。そんなこと、あてにされても困る。

「わたし、結婚する気はあるんだからね。妙なこと期待しないで、お父さんと仲良くやってよ。大人になっても、わたしは娘なんだから、両親が不仲だなんて思いたくない」

遠慮なく唇を尖《とが》らせて、言ってやった。

「ごめん、ごめん。いいわよ。どうぞ、結婚して幸せになってちょうだい。それがお母さんの願い。ほんとよ」

母は笑って謝った。だが、里佳子の胸は晴れなかった。

四十半ばでシングルだと、どうしたって、ずっとこのままだと思われる。世間はそう見るし、実際、結婚相手の該当者が圧倒的に少ない。

だが、「あきらめる」という言葉も、バブル女の辞書にはないのだ。

求めよ、さらば与えられん。探せ、さらば見出さん。

誰が言ったか知らないが、里佳子のためにある言葉だ。

子供を産むのは無理っぽい。だからこそ、本当の意味での人生の伴侶を見つけられるのが、中高年の結婚なのよ。

人生の酸《す》いも甘いも嚙み分けた二人が寄り添うのよ。美しいじゃない。

4

新しもの好きの里佳子は、当然、フェイスブックもツイッターもやっている。インスタグラムも。

フェイスブックは画期的だった。職場友達は今やいないも同然だが、高校のクラスメイトや大学時代の遊び仲間とどんどんコンタクトがとれるようになった。

それでわかったのだが、ほんとに、みんな結婚しているのだ。

どうして自分は結婚潮流に乗り遅れたのだろうと、里佳子は慚愧《ざんき》に堪《た》えない。とっとと結婚したバブル女たちに「いつから、そっちにギアチェンジしたのよ⁉」と、詰め寄りたい気分だ。

あの頃は寄ると触ると、デートの成果がどうだったかで盛り上がるだけで、結婚願望なんかチラとものぞかせなかった。

子供を産みたいとも、とくに思っていなかった。ＤＩＮＫＳなる言葉が流行ったのは、子供がいないぶん、遣えるお金が十二分にあるほうがいい、という価値観があったからではないか。

だから、高収入男だけを集めたパーティーがあって、そこに馳《は》せ参じたりもしましたよ。リッチな男との結婚を目指していたから。

でも、女友達は次々と高収入とは言えない男たちと結婚し、子供を産んで、今ではそれを誇っているかに見える。

若い頃、自分を重ね合わせるイメージキャラクターだった森高千里もしっかり結婚して、子供を産んで、今やスーパー・ママとして君臨している。リッチでゴージャスを誇るのではなく、子供を育てる愛情深い母親像がエライのだ。

もちろん、同世代の知り合いには離婚組もいる。だが、結婚を維持しているほうが多数派だ。シングルの里佳子は肩身が狭い。

肩身が狭い、なんて、あってはならない事態だ。でも、フェイスブックで再会を果たしたバブル女たちとの会食で、「旦那が」「うちの子が」の話題で盛り上がる中にいると、乗り遅れた感にうちひしがれる。

彼女たちが所帯やつれでボロボロになっているのなら、少しは気も晴れる。だが、さすがというか、きれいであることに情熱を傾けるバブル女は、内側はどうあれ、外で人と会うときはしっかりきれいなのだ。

『私がオバさんになっても』。

今、カラオケでこの歌を歌うとき、すごく感心することがある。

森高がこの歌を作って歌ったのは、二十三歳のときだ。わずか二十三歳で、「男は若い女が好きだから、チヤホヤしてくれるのも今のうちだけなんでしょう」と言い切っているのだ。超クール。

だけど、バブル女たちはみんな、それが男のサガだと知っていたような気がする。

若い女、それも二十代前半までの。水着やミニスカートからのぞくピチピチの身体に欲情する。それが男だ。

わたしたちにおごりまくるのも、セックスしたいから。それだけなんでしょう？

付き合っていても、私より若い子が現れたら浮気するんでしょう？

だから、若くあることにアイデンティティをかける。それがバブル女のサガとなった。

だけど、若い子に対して負けを認めるのは、イヤ。付き合っている、あるいは結婚している相手が若い子に夢中になったとしても、「それは仕方ない。自分は年とって醜《みにく》くなったから」なんて思いたくない。

そのためには、老け込まず、生き生きと美しくなければいけない。

わたしたちは自分たちのために、きれいでいる。いつもいつも若い女に目移りする薄情な男にひきずられるなんて、ゴメンよ。

それが、今や四十代になったバブル女たちの心情だ。

だから母親になっても、シングルの里佳子に負けないくらい、ちゃんとケアをする。となると、旦那と子供を持っている彼女たちのほうが勝っている。

「持っている」ことが勝ち、それがバブルの価値観だ。家庭を持ってない里佳子は、負け組だ。

うわ、負けを認めてしまった。

違う違う。負け組じゃない。だって、負けっ放しでいるつもりはないもの。

暫定《ざんてい》負け組。でも、勝負はこれからよ。

フェイスブックで、大学時代のボーイフレンドの北村《きたむら》と付き合いが復活した。

まだ、お食事止まり。

北村は結婚している。そう簡単に不倫に流れて、都合のいい女になるつもりはない。

家庭に疲れた男と人生に刺激が欲しいアクティブなシングル女が、間合いを計りつつ、旧交を温めているというところ。

不倫はねえ。疲れるのよ。

ただね。情報に敏感なバブル女は、更年期の備えもしている。それで、こう考える。見た目年齢を若く保つのは、努力次第でなんとかなりそう。でも、セックスを楽しむほうは期間限定。

いつまでもキラキラしていたい欲望はギラギラだけど、正直言って、セックスを死ぬまでしたいとは思ってない。そそる女ではいたいけど、実際の行為はめんどくさいじゃない。男って、一度やらせると図に乗って要求が増えてくるからね。

お手軽恋愛の経験値が豊富だと、こういうことが見えちゃうのがつらいところよ。もはや、恋で盲目になれない。

でも、計算が働くのは悪いことじゃないでしょ。

ということで、今のうちに快感追求のためのセーフセックスフレンドを確保しておきたい。北村はその候補。その程度。あっちも多分、そうだろう。

てことで、それはそれとして、婚活も鋭意、情報収集中。

里佳子は、海外のオペラハウスで見かけるような、こざっぱりとドレスアップした姿に風格が漂う品のいい老夫婦に憧れている。あれが、理想の老境だ。どうせ老人になるのだから、「ああなりたい」と思わせるばあさんになりたい。

ただし、共白髪《ともしらが》なんて贅沢《ぜいたく》は言いませんよ。年下の夫も、ＯＫ。力があるほうがいいものねえ。倒れたときに抱いてベッドまで運んでくれるとか、こっちが死ぬまで現役で働いて稼ぎ続けてくれるとか、年下のメリットは大きいよ。

年下と言えば、手近なところに野々村がいる。才川を触発するためにアプローチをかけているが、彼は可愛いからね。ひょいと手の内に落ちてきたら、それはそれでＯＫなんじゃない？

バブル女は今や、オバさんになった。でも、このままおめおめと、オバさん呼ばわりはさせないよ。

この間、ケーブルテレビでグレース・ケリーの映画を見た。ケリーバッグの元祖の女優だ。リッチでゴージャスの本家と言ってもいい。

その名も『泥棒成金』というタイトルの映画で、若い女が彼女に「近くで見ると老けてるわね」と嫌みを言うと、グレースは余裕で答えた。

「子供には、大人は老けて見えるものよ」

そうなのだ。

わたしは大人の、いい女だ。

それを証明するためには、結婚しなくっちゃ。

結婚とは、男がその女のために生きると公的に宣言することだ。

実際、男は妻を食わせるために働く。妻に対して、あらゆる責任を負う。これはたいしたことだ。恋愛は責任を伴わない。だから、みんな、恋愛したがるのだ。

責任を果たすため、欲望を抑える。それがどんなに価値あることか、欲望を全開にして生きてきたバブル女だからこそ、わかる。

世界中に里佳子の価値を見せつけるためには、「選ばれた女」にならなければ。

だが、ガツガツしていると思われてはいけない。里佳子らしくいることで自然と選ばれた、という風に見えなければ。

どう見えるかが、大事よ。だって、どう見られたいかという理想の自己像があってこそ、努力するモチベーションが上がるってもんでしょう？

下の世代には、これが欠けている。と、里佳子は思う。

何か、努力してる？

どんな自分になりたいとか、あるの？

才川は学生時代、インドに旅行したそうだ。

インド……。何しに？

今はときどき、ローカル線に乗って人里離れた鉱泉巡りをしているそうだ。

エステありサウナありのリゾートスパならわかるけど、鉱泉ってなによ。

布団がぺたんこで、壁も襖《ふすま》もシミだらけで、ちっちゃい液晶テレビしかなくて、トイレはいまだに和式で、冷蔵庫にはビールと麦茶しかないような、しみったれた安宿に泊まって、山菜とシャケとやたらに濃い味噌汁と目玉焼きみたいな、牛丼屋の朝定食みたいな食事で、よくいい気持ちになれるわね。考えるだけで暗くなるわ。

癒やされたいっていうのも、なんだかねえ。

わたし、繊細だから、傷つきやすいんです、世の中、殺伐《さつばつ》としてて、生きづらいんですとアピールしてるようなもんでしょう。

二十代で、なんでそこまで疲れてるのよ。体力がないというより、出し惜しみしてる感じがするのよねえ。じれったい！

ああ、才川のことを思い浮かべるだけで、腹が立つ。

お節介にも程があると、自分でも思う。あんなボケ女がどうなろうと、里佳子には何の関係もないのだ。それなのに。

毎日顔を合わせるから、いけないのだ。欠点が目について、イライラする。

ひょっとして、プレ更年期か？

と思うと、余計イライラする。

四十代は悪くない。思っていたより、悪くない。でも、悩ましい。こうあってほしい自己像とギャップがあり過ぎで、そこんとこを調整しなくちゃ、というプレッシャーがきつい。

負けたくない。いつもキラキラしていたい。それがバブル女のゆえなのか、持って生まれた性格なのか、わからないけど。

里佳子は、自分を追い詰めるものに負けたくないのだ。

だから、前向きに頑張る。

でも、颯爽《さっそう》とした、いい女であると認め、敬い、応援してくれる誰かがいなければ、頑張りパワーのチャージができない。

それには、恋愛では力不足だ。全世界に「選ばれた女」であることを思い知らせるには、結婚しかない。

インパクトとしては、年下の相手がいい。いや、年齢制限は設けないほうがいいかも。バツイチに、「ようやく、理想の人に巡り会えた」と言わせるのも、かなり気持ちいい。

目標がなければ、前向きになれない。前向きじゃなきゃ、生きてる意味もない。

年を重ねれば、求めるものが違ってくる。だから、若さを羨んだりはしない。

自分の力でなんとかできることなら、チャレンジする。それがバブル女のパワーだ。思い知れ。

里佳子は天を睨《にら》み、拳を固めた。

battle 3

不景気なラブライフ

1

じゃんけんで負けて蛍に生まれたのと、言われても――。

美結は口に入れたばかりのブロッコリーを大急ぎで嚙み下してから、不思議なことを呟《つぶや》いたアラコに問い返した。

「何、それ」

「池田澄子《いけだすみこ》っていう女の人が作った俳句です。ちょっとビックリしません?」

アラコこと荒井英美里《えみり》は、美結の三年後輩にあたる同僚OLである。藤沢周平《ふじさわしゅうへい》の時代小説ファンで、ハーフでもないのにエミリという外国人みたいな自分の名前が大嫌い。自己紹介が必要な際には姓しか名乗らず、「アラコと呼んでください」とつけ加える。

読書もタブレットやスマホという時代にあえて文庫本を持ち歩き、暇さえあれば広げている。手軽すぎるデジタル環境が、時代小説の雰囲気に合わないからだそうだ。

私服はたいがいパンツで、制服に着替えるとパーマっけのない黒髪を黒ゴムでぱぱっとくるり凜々《りり》しさは、まさに大和撫子《やまとなでしこ》。

「ちょっと、もう一回言ってみて」と口を挟んだのは、筒見遙佳《はるか》。

こちらは一年後輩だが、美結は早生まれなので学年は違っても同い年だ。そのせいか、あるいはいたってマイペースの性格が為せるワザか、美結に対して敬語を使ったのは入社半年が過ぎるまでのことだった。

ナチュラルメイクに、手作りシュシュでくるりとまとめた長い髪。ストーンをつなげたネックレスやパッチワークのトートバッグなど自作したものを身に着けて、『ムーミン』好きを公言する個性派だ。

美結はこの手のメルヘンがかった女が苦手だったが、自分の世界を持っている人間は他人に干渉しないというのが遙佳を通してわかったので、今では好感を持っている。

バブル山元はこんな三人をひとくくりにして、「女子力がない」と批判する。

「あんたたちは地味がこじれて、せっかくの若さをどぶに捨ててる。もったいないと思わない？」

だとさ。

こんなことを言われて「余計なお世話よ」とプンプンするのは、美結一人だ。

よく見ると可愛らしい顔立ちのアラコは磨けば光る珠《たま》なのは明らかだが、時代小説好きが高じて剣道を習い始めた。日本舞踊ではなく、剣道。目指すところは、なでしこよりサムライらしい。凛々しさに磨きがかかりそうで、美結は期待している。

別の意味でわが道を行く遙佳は、メルヘン好みという点で女の子度はたっぷりだ。ただし、自己満足の世界に浸っているだけで、男目線を意識した「女子力」はまるでない。

つまりは二人とも、バブル山元とはまったく違う美意識を持っているのだ。だから、見当違いの毒舌《どくぜつ》を吐かれても、痛くもかゆくもないといった体《てい》で聞き流す。

ところが、美結は違う。カチンと来る。

それは、「地味がこじれて、若さをどぶに捨ててる」自覚があるからだ。そして、男ウケしたい、モテたい願望も大ありだからだ。

だが、それはバブル山元のように、男目線に合わせてウケ、モテるのとは違う。自分のままでウケ、モテたいのだ。

それって、傲慢だよね。そう思うから、その願望が顔を出すたび、自分を叩く。責める。説教する。こんなことしてたら、自意識が肥大するばっかりだ。女子力が育たない。

ていうか、女子力って、なんなの？

女子力を「女らしさをアピールする能力」と解するなら、美結にそれがないのは安月給が要因である。

女子力アップは金がかかる。ところが、不景気下で育った世代は、節約の精神を叩き込まれているから生活が第一で、女子力アップへの投資なんかできないのだ。

ああ、悲しい。

おしゃれはしたいですよ。好きですよ。「女らしさをアピール」する方向には動かないが、着るものやヘアスタイルの好みはある。「自分らしさ」という言葉は恥ずかしいから、「そうであると自分が落ち着く姿形」と言えばいいかな。それに、素材とデザインと仕立てのよさを見分ける目くらいは、ある。すいません、おおげさですが「美意識」ですね。

そして、そこらがちゃんとしているものは高いのである。こう見えて、気になるブランドのバーゲンには気合いが入る。

スマホが生活の一部になってからは、ますます支出に神経を尖らせるようになった。

若者がものを買わないから景気がよくならないと言うけれど、スマホの使用料金がもっと安くなれば少しは買うほうに回せるんじゃないかなと、美結は思っているのだ。

美結は一番安い定額料金で契約しているが、スマホいじりは中毒になりがちでヒヤヒヤものである。

例えば、ツイッターもやってはいるが他人のアカウントをフォローするだけで、自分ではほとんど呟かない。写真は撮っても動画撮りには手を出さない。やり始めたら止まらなくなる。それが目に見えているからだ。

ああ、世の中に絶えてスマホのなかりせば、貧乏ユーザーの心はのどけからまし、字余り。

　なら、ガラケーにしておけば、いいじゃん。というわけにはいかないのは、なぜでしょう。

　ガラケーからスマホへの移行に、迷いはなかった。使用料は高くなるけれど、機種を買い換えるのと同じ感覚で、そうするのが当たり前に思えた。

　バブル山元はいち早くスマホを購入し、持っていることを誇示するかのように「わー、これ、すごい」とか「やーん、嘘《うそ》みたい」と騒いでいた。

　でも、美結たちは普通にガラケーから乗り換え、そのことにはしゃぎも驚きもせず、ましてや見せびらかすなんて、「バカ!」「恥ずかしい」と思っている。

　面白いアプリがどんどん出てくるせいもあり、何かとお金はかかるけれど、だからガラケーのままでいようとは思わなかったなあ。

　IT環境が日常に組み込まれているのが普通だからだ。流行に遅れまいとして、という動機ではない、と思う。

　だって、心はサムライのアラコも、ナチュラルでメルヘンな遙佳も、流行に左右されないほうだが、スマホは持っている。

　節約心がどこに向かうかというと、食費。美結たちのランチは手作り弁当だ。

　一人暮らしの美結とアラコは自分で作る。実家住まいの遙佳は、パートで働いている母親が自分用のと一緒に作ってくれるというが、たいがい夕食の残りを詰めただけらしい。

どちらにしろ、合い言葉は「三百円に収める」。

こういう価値観を共有できるのは、大変に嬉しい。たまに外食もするが、そのときは八百円台が条件だ。オフィス街にある飲食店のランチは、ちゃんとそのあたりの価格設定に抑えてあるので、店探しに苦労することはない。

それでも、社食がある大企業が羨ましいねと、ときどき、美結たちは揃ってため息をつく。それらの中には、就職試験ではねられたところもあって、二重に胸が痛む。

けれど、節約弁当を社内の応接コーナーで食べるのが分相応なわたしってことなのね――と思うと、それはそれで落ち着くものがある。

外食派のバブル山元がある昼時、応接コーナーをのぞき込んで、美結たち三人が開いたお弁当をしげしげと眺め、一言発した。

「あんたたち、食べるものまで地味ねえ。みんなで一緒にダイエット?」

嫌みったらしいったら、ありゃしない。そうしたら、遙佳が「みんなで一緒にお弁当食べるって、いかにも休み時間って感じで楽しいじゃないですか」と、さらっと答えた。

バブル山元は「もう、あんたたちときたら、幼稚園児じゃあるまいし」と、ケラケラ笑った。

この女って、言わなくてもいいことを言わずにいられないんだよね。

ムラムラ腹が立った美結は、「お弁当作りは、主婦になる練習ってところもありますしね。旦那や子供にはやっぱり、手作りのお弁当持たせてやりたいですから」と、ぼそっと言ってやった。

案の定、彼女は眉を吊り上げた。「主婦」は、「主婦なり損ね」女によく効く当てこすりである。

「あ、そう。ご苦労さま」

憤然と踵《きびす》を返して、外に出ていった。

入社五年越えで中堅どころにまで育ってくれば、女上司にちらっと抵抗してみせるくらいはスレてくる。あくまで小声で、しかも仕事とは関係ないトピック限定ではあるがね。

だが、言ったあとで必ず後悔する。バブル山元が根に持つのが目に見えているからだ。

あれ以来、OL三人のランチ会に見向きもしないのはいいことだが、美結を見る目に敵意が感じられる。仕事を押しつけるときの態度も高圧的だし、言葉遣いがきついし。ほんっと、シンデレラの継母《ままはは》みたい。

やれやれ。

ところで、本物の主婦の優も手作り弁当派だが、保育園のお迎え時間死守のため、デスクで仕事を片付けながら食べるのが常だ。

優を見ていると、働く主婦の大変さがよくわかる。

ひるがえって鑑《かんが》みるに、バブル山元が食費もランチタイムも節約せずにすむのは、自分の面倒だけ見ればいいひとりぼっちと、お金の苦労を分かち合う家族の一員と、どっちか選べと言われたら、わたしは「お金の苦労」をとるよ。

美結はそう思っている。

そりゃ、お金に不自由しない家族の一員がいいに決まってるけど、不景気チルドレンにはそんなの、追いかけるだけ無駄な虹と同じ。

ちょっと頑張ったら手が届きそうなものこそが、モチベーションにつながる。「近頃の二十代は夢がない」「やる気がない」なんて、簡単に言ってほしくないね。

2

ところで、じゃんけんに負けて蛍に生まれた一件である。

「この間、友達と飲み会したときに、一人がこの俳句を持ち出したんですよ。テレビか何かで知ったんですって。それで、すっごく感動したって。理由はわからないけど、じゃんけんに負けて蛍になっちゃったと思うと、涙が出てきたんですって」

「アラコの友達って、教養があるねえ」

美結はまず、そっちに感心した。さすがは時代小説好き。飲み会の席で俳句が持ち出されるなんて、「類は友を呼ぶ」とはこのことか。

そして、その俳句の解釈を巡っての反応が十人十色だったそうだ。

「蛍は死んだ人の魂を連想させるから悲しい気持ちにさせられるという意見もあれば、蛍は可愛いから微笑ましい句だという子もいるし、蛍が負け組なのが解せないというのもいたり、わたしは蛍に生まれ変わるのはイヤって言う人もいて」

「アラコは、どう思った？」

美結が訊くと、アラコはほぐし明太子をトッピングしたご飯にすき焼きの卵とじと小松菜のゴマ和えを添えた弁当に箸を差し込みながら、「いやあ、インパクトにビックリしちゃって、唖然茫然《あぜんぼうぜん》ってとこで思考停止しちゃいました」と答えた。

「発想がすごいじゃないですか。そんな風に考えたこともなかったから、池田澄子さんの俳句集買っちゃったんですよ。で、作者の解説も読んでみて、ああ、なるほどって納得はしたんです。でも、不思議な感じが消えなくて、解説は三秒後に忘れたのに、句だけが頭にこびりついちゃった」

「ふぅーん」

「けど、それをどう受け取るかで性格が出るのが面白かったです。一人、そのじゃんけんに勝ったほうは何に生まれたんだろうって真剣に悩むやつがいて」

シャケの切り身を飲み下した遙佳が、訊いた。鰹節《かつおぶし》と海苔《のり》の由緒正しい二段重ねのり弁に和風総菜が、遙佳の定番だ。

「人間じゃないの？」

美結はといえば、昨夜のチャーハンを卵でくるんだオムライスと、付け合わせにレンジでチンしたブロッコリーとプチトマト。製作時間五分のやっつけ弁当である。

「人間と蛍の二者択一じゃないと思うというのが、そいつの意見なんですよ」

アラコは遠くを見る目で答えた。

「人間と蛍なら、自分なら蛍をとる。人間はもうやってるから、いいって。で、蛍よりなりたい生き物はなんだろうって、腕組んで真剣に考え込むもんだから、わたしもつられて考えちゃって」

「わたしはむしろ、蛍に生まれたい」

遙佳が楽しそうに口を挟んだ。

「でしょうね」

美結は頷いた。

なるほど、性格が出る。ということは、アラコのほうは？

「で、アラコは考えて、結論出たの？」

「わたしはですね。生まれ変わるなら、食べるとおいしい生き物がいいと思いました」

あれ、そうなの？　ちょっと驚いた。美結には、そういう発想がない。

「そうなると、みんなに生命を狙われるじゃない。のんびりできないよ」

突っ込むと、「それもそうですねえ」と目を天に向けた。

「だったら、穀物とか野菜とか果物とかの農作物。完全に育つまで大事に面倒見てもらって、丸々太ってるほど喜ばれて、さらにおいしく食べるためにいろいろ知恵を絞ってもらって、なんだか、生まれた甲斐《かい》がめちゃめちゃありそうじゃないですか」

「アラコって、考え方が健康的ねえ。そのわりにベジタリアンじゃないけど」

「いやあ、健康的なんじゃなくて、嫌われ者になりたくないんですよ。わたし、いじめられっ子だったから」

あっさり言うのが、トラウマを克服した元いじめられっ子の特徴だ。

「そうかあ。見た目ではわからない性格が出るってことだね」

感心すると、アラコが「そう言う美結っちさんは、どうなんですか？」と、切り返してきた。

「わたしも、なんで、負けて蛍なのかなと思った。蛍、悪くないじゃない。ゴキブリより百倍ましよ。でも、ゴキブリが運命なら、それでもいい。何に生まれ変わっても、ＯＫ。それが、わたしの感想」

「その考え方、美結っちらしい」

今度は遙佳が頷いた。

「そう？」

「うん。美結っちってヘンなこだわりみたいなもの、ないじゃない」

「そうかな」

「ですね」

アラコが同意した。

「腹が据わってますよね、美結っちさんは。物事に動じないっていうか」

こういうのを、買いかぶりというのだろうか。

「いい加減なだけよ」と否定してみたが、こんなんじゃ、謙遜にしか聞こえないだろう。

腹が据わってる？

ぜんっぜんだよ。

ドツボにはまって、焦りまくりですよ。それなのに、ジトッと同じ場所に停滞している。動じないんじゃなく、動きがとれないだけ。

目の前がスカッと明るくなるような突破口を見つけたい。

でも、どうやって見つければいいのか、わからない。

3

大体、美結はおくてというか、臆病というか、恋愛方面の運動神経が皆無に等しい。
初体験だって、二十五歳でようやく、である。

高校生のときは共学に通いながら、ボーイフレンドが一人もいなかった。男子生徒との付き合いは常に、クラス行事やクラブ活動（美結は読書クラブに所属していた）の仲間としてで、それ以上にならなかった。

大学生になっても、状況は同じだ。

サークル、ゼミ、バイトで、男子学生と知り合いには、なる。映画を見たり、お茶を飲んだり、学食で隣り合って座ったり、友達付き合いをする相手も数人いた。

彼らは総じて、よく言えば「内省的」、別の言葉で言えば「消極的」で、自分からはことを起こさないタイプばかり。そうなるのは、美結のせいだった。

頭とか顔とか運動能力とか、どこか一点に抜きんでたエリート及び陽気でコミュニケーション能力に長《た》けて誰からも愛される人気者は、はなから避ける。まぶし過ぎて、近寄れない。

二番手もダメ。三番手はもっとダメ。なぜなら、三番手くらいが一番モテたから。

美結の目は、集団に馴染めなくて隅っこのほうで放心しているような男に注がれた。

本当は集団の中に入りたくて、恨みがましい目をしているようなのはダメだ。あくまで、「俺、いいよ、ここで」みたいな、ある意味、悟りの境地にいるタイプ。

あの頃、美結はそういうのを「浮き世離れ」と思い込んで、自分の中で美化していた。

自分がそうだからだ。

Jポップよりビートルズが好きで、人混みが苦手で休日にはひなびた山寺巡りなんかに出掛けるアンチ都会派で、ハリウッドの大作よりミニシアター系の映画を好み、意固地なくらい流行を追わず、オーソドックスなデザインで暗色の服を着る。髪は染めず、クリクリさせず、ストレートで肩まで垂らし、ラーメンを食べるときは後ろでくくる。

もう、ほんと、わざと主流をはずしているとしか思えない偏り方。

でも、これが美結なのだ。

そんなこんなで浮き世離れ同士でくっついてみると、これがどうにも、恋愛っぽくならない。どちらかというと、姉と弟のような関係性に落ち着いてしまうのだ。

そういえば、当時、一番打ち解けた男子から恋愛相談をされたことがある。恋愛経験なしの美結に相談を持ちかけるところに、彼の見る目のなさが表れていた。それなのに、話を聞いてやったのだから、姉っぽく振る舞うのが自分でも気に入っていたのだろう。

気の利いたアドバイスなどできるわけはなかったが、彼はガールフレンドをゲットした。紹介もされた。あからさまに可愛いタイプだった。

ああ、こんな女の子だったら、男をその気にさせ、見事、恋愛向きに変えられるんだ。そう思った。

美結には、無理だ。

美結は、意識的に男心を操作するなんて不純だと思っている。

無理をしなくても、一緒にいるのが一番自然と感じられる関係。欲しいのは、それだ。むしろ、熱烈な恋愛なんか、したくない。

彼を見ただけで、自分の中から「この人だ」という熱い思いが温泉のように噴き出してくる、それが恋愛だ、とか、よく言うけどね。それは、ただの発情だ。

激しさは、人を消耗させる。そうではなくて、頃合いの温度のお風呂にゆっくり浸かって、手足を伸ばして、思わず「あー、極楽」と呟くような、そんな感覚をもたらす関係性があると思う。

父と母も熱烈な恋愛ではなかったが、母の話だと「自然に、この人でいいかなと思えた」そうだ。

自然に、というのがキモだ。そうあるべきだと思う。

ところが、そんな相手が見つからない。

一緒にいるのが自然な関係なら自然に結びついていけると、あてにしていた。その楽観が、あまりの出会いのなさで揺らいでくる。

恋愛はともかく、性体験皆無のままなのにも焦りがあった。

おくてでも好奇心はあるし、性欲だってもちろんある。なにより、恥ずかしい。修道女でもないのに、めくるめく愛の快楽に全然縁がないなんて、自分だけ取り残されているような劣等感に苛《さいな》まれた。

それで蛮勇を奮って、そこそこ仲良しだったバイト仲間と一緒に映画を見た帰り、駅まで送ってもらった別れ際、ちょっとグズグズしてみた。

こういうときは、「帰りたくない」と言ってみる。それが無理なら「帰りたくない」気持ちを込めて男の子を見つめる。というのがテレビの深夜番組で仕入れたテクニックだ。これをやられたら、男は百発百中で落ちるとテレビでは言っていた。

でも、嘘だった。「じゃあね」と言われ、「うん……」と答えつつ、その場に立ち止まってみたが、相手はさっさと背中を向けて去っていった。

気持ちが顔に出ず、伝わらなかったのかもしれない。でも、このときも美結は、ちょっとホッとしていたのだ。

怖かった。気が進まなかった。その両方だ。

いくら臆病な自分でも、「この人に抱かれたい」と本気で思う相手が現れたら、その気持ちが顔に出て、うまくいくだろう。無理することはない。恋愛のための恋愛なんて、不毛だ。そう自分に言い聞かせた。やはり、出会うべくして出会う運命を信じよう。

そんなこんなで、大学を卒業してもヴァージン状況は留年した。

ああ、思い出すだに虚しくなるばかりの、恋なき日々よ。

いや、一番恥ずかしいのは、運命の出会いに憧れる自分がいることだ。

いかん、いかん。

人間関係とは、互いの努力で育んでいくものかもしれない。相手を知ろうとする努力もなしで、自分は何もしなくても愛されると思うのは、傲慢だ、きっと。

社会人になったのだ。もっと地に足のついた、大人の付き合いをしよう。

そう反省した。

そうしたら、今度はずっと絶不調。社会人って、こんなに世界が狭いの？

学生時代のほうがまだ、付き合いの回路があちこちに開いていた。ところが、ひとつの会社に入り、仕事の歯車に組み込まれると、生活圏が閉ざされてしまうのだ！

知らなかった！

4

社会人こそ、出会いのチャンスが減る。

だから、合コンが盛んだった。

美結もOL一年生のときから、誘われるまま合コンに参戦した。

が、行けども行けども「うーん、なんか違う」みたいなのばかり。こっちが気に入る相手には見向きもされなかった。

チラチラ、気にされたこともあった。その中には、そちらから押しかけてくれたら受けて立ちますよ、みたいな気になれる人もいた。でも、押しかけてこないのだ。

なんで？

向こうの気が弱いのか、美結に向こうの弱気をふっとばすほどの魅力がないのか。どちらにしても、合コンであぶれると激しくくじける。

見向きもされないなら、なんとかして振り向かせろ。それを「努力」と言うのだ。そんな自分突っ込みが入った。

しかし、できないものはできない。

なんで、こうなんだ。損な性分。女の子らしく可愛くできるほうが絶対、得なのに。

目の前に、いくつになろうが臆面もなく女の子をやれるバブル山元という実例がいた。飲み会だけでなく、商談の席でも取引先のオヤジ相手に女の子をやってみせれば、彼らが軟化するのを美結は何度も目撃してきた。

そんなとき、バブル山元とオヤジたち両方へのダブル怒りで、歯ぎしりしそうになった。

天然で可愛いのならいいけど、可愛く見せるのなんてテクニックの問題で、作為的、戦略的、要するに嘘だ。あざとい。また、それに周囲が簡単にだまされるんだよな。で、可愛いほうが勝ち。

でも、可愛くしてれば、愛され、求められ、許され、世界を救う天使みたいに有り難がられるのって、どこか間違ってないか⁉

わたしは、自分に正直に生きたい。媚《こ》びるのはイヤ。戦略的に生きるのはイヤ。だから、わたしはわたしのままでいく——と、無駄に力を入れて決意するのが常だった。

これを、自意識過剰と言う。だからこそ、自意識過剰だと悟られたくない。

自発的に動こうとするたび、自分突っ込みが始まる。で、グルグル考えて、動きが重くなる。

そして、悲観と自己卑下スパイラルが始まる。それが二十五歳で、どん底に至った。

二十五歳。それが結婚適齢期と言われたのは、大昔だ。それでも、二十代が半分終わったというプレッシャーは根強く残って、美結を脅《おびや》かした。

花の二十代。一番きれいと言われる二十代（古い価値観と思いつつ、美結もそれにとらわれた）になっても、ひとりぼっち。もしかしたら、このまま、一生ひとりかも。そうだったら、どうしよう！

誰か、わたしを見つけて。わたしが生きていることを喜んで！

そうじゃないと、生きていけない。そんなところまで追い込まれた。

自力で立ち上がってみれば、多分、穴が意外と浅いことに気付いただろう。落とし穴ではなく、単なる穴ぼこに過ぎない。そこに足を取られただけだと。

でも、当時は穴の底に座り込んで、立てなかった。精神的に捻挫《ねんざ》したのだ。

そのとき、救いの手がさしのべられた。

彼、国広《くにひろ》はローカル新聞の文化欄担当記者だった。

大学のとき、社会心理学ゼミのゲストとしてやってきて、少し話した。それで顔見知りになり、ＯＬになってから街でばったり再会した。

美結を覚えていて、向こうから声をかけてきたのだ。そして、居酒屋でその後について、少し話した。そのとき、「きみは地味だけど、頭がいいのは一目瞭然《いちもくりょうぜん》だったよ。黙っていても、人の話をちゃんと聞いて考えているのが、見ていればわかった」と言われた。

「あのときの学生の中で、一番印象に残った」とも。

そこまで言われて、不覚にも涙をこぼしてしまった。

「こんなわたしじゃどこにも行けないし、何者にもなれない気がして」

そう言うと、国広は「そんな風に悩むのが、頭がいい証拠だ」と言ってくれた。

「きみの欠点は、若すぎることだよ。その年で、どこに行けばいいのか、何者になりたいのか、わかっているほうがどうかしている。もっと力を抜いて、いいんだよ。それでも、きみらしさは失われないから」

うつむいて涙ぐむ美結の頭を、国広は撫でた。

「きみは、ちゃんとやれる。大丈夫だよ」

それが始まりだった。

話を聞いてもらいたくてデートをするようになり、三回くらいご馳走になったあとでホテルに同行した。好きになったから。

不倫は不思議なほど、気にならなかった。セックスへの好奇心に負けたこともある。本格的な男女の付き合いをしている自分が、誇らしくもあった。

国広は美結より一回り年上なのだが、おじさんくさい感じがしなかった。でも、大人なのだ。この「大人」感が魅力だった。

デート代はすべて彼が支払った。誕生日やクリスマスにはプレゼントももらった。心置きなく、金をかけてもらった。それは、彼に財力があるからだ。

マスコミとはいえ、ローカル新聞の文化欄担当記者では、そう高給とはいえない。それでも、同世代の男に比べれば、いろいろな点で寄りかかり甲斐があった。

同世代の収入はたかが知れている。それがわかっているから、デート（みたいなことをした相手はいたのだ。あくまで友達止まりだったが）で割り勘をしたり、たまに立て替えという形で持ち出しになることにも文句を言えなかった。

ちなみに、ここらがバブル山元に対して怒りの炎が上がるポイントだ。

バブル山元は「男にはおごられるのが当然」と、いまだに主張している。

「だって、そうでしょう。いくら景気が悪くなったって、相変わらず、男と女で給料格差があるのよ。女のほうが就職も難しいし。収入に差別がある社会なんだから、デートのときくらい、男が支払うべきなのよ」

この意見には、美結だって諸手《もろて》を挙げて賛成したい。だが、できない。

同世代の男たちは、わりに簡単に泣き言を言う。弱いところをさらけ出す。

「どうしてもとお願いして付き合ってもらってるんなら、金をかけるのも仕方ないと思うよ。でも、対等の関係なら、男ばっかり無理する意味がわからないよ」

なんてことも言うのである。そうすると、それもそうだなと美結は思う。

節約の苦労は、男も同じ。不景気チルドレン同士のシンパシーが働いて、美結は割り勘デートをした。

でも、やはり、お金をかけてもらいたいのだ。

国広との不倫関係で初めて、デートのたびに全部支払ってもらう（バブル山元的に言えば、支払わせる、だが）経験を積んで、正直、嬉しかった。

自分を喜ばせるために、相手が対価を支払う。そのぶん、美結の財布は痛まない。ただでおいしいものを食べ、旅行をし、ときどき、欲しいものを言えば買ってもらえる。足長おじさんは、女の憧れだ。

それに、国広はヴァージンを終了させてくれた。

「めくるめくって、これ?」みたいな、「そうでもない」感はあったが、回を重ねることに快感めいたものが得られた。避妊も任せておけた。

正直言って、国広との付き合いが続いたのは、セーフセックスというオプションの魅力もあった。

でも、関係が続いた一番大きな理由は、彼がもたらした精神的な快感、解放感のせいだと思う。

美結は、高校生の頃からリアルタイムの文化に乗り切れず、ビートルズやボブ・ディランを聞き込んだこと、向田邦子《むこうだくにこ》の著作を読みあさったことなどを国広に話した。

同世代には話せないことだった。あまりにもオタクっぽくて、引かれるのが目に見えていたからだ。会話が成立しないことには、関係性も生まれない。

三十代の国広にとってもビートルズは伝説の世界だったが、仕事柄、知識とそれなりの分析を持っていたから、語り合うことができた。その楽しさが、美結の気持ちを「なんでも話せる」状態にまで解放したのだ。

「自分でもどうして、ビートルズや向田邦子なのか、わからない。友達はファザコンだからだって決めつけるんだけど、父親のこと、それほど好きじゃないし。ただ、タレントもジャニーズ系がダメなんです、わたし。むしろ、韓流《ハンりゅう》のほうが馴染む。中身がおばさんって言われると、そうかもと思う」

「心が硬骨漢なんだよ、美結は」

国広は、そう答えた。

「女の子がみんな、カワイイものにうつつを抜かすわけじゃない。美結は女の子だけど、骨のあるものが好きなんだ。かっこいいよ」

「えー、そうなのかなあ」

照れ笑いしつつも、中身はグズグズに溶けていった。どこが硬骨漢だ。

「おまえは特別だ」みたいな、ありきたりなくすぐりで、すっかり「やっと、このわたしの価値がわかるハイレベルな男が現れた」などと、自意識をくすぐられて大喜びしたのだ。

そのうえ、優しいことを言われるとこれまた恥ずかしいくらい、嬉しかった。「ふくれっ面が可愛い」「今のままの美結が好きだ」「美結といると、ほっとする」とか、もうベタな台詞《せりふ》でわーっと気持ちが盛り上がったのには、我ながら参った。ドラマなどで見るたび、「ケッ、ジンマシン出る」と吐き捨てていたのに、自分が言われると鼻血が出そうなくらい恍惚《こうこつ》としたのだ。

同世代の男どもは、こういうサービス精神がなかった。ま、そういうのを選んで付き合ってたせいもあるから自業自得だが。

逆に、国広が平気であんなクサい台詞を言えたのは不倫だったからだろうなと、別れた今では思う。

十二も年下の愛人。それも、初体験の相手を務めた。もろ、男のファンタジーそのものだ。女より、男のほうが少女趣味。国広の言動から、美結はそれを読み取った。実を言うと付き合っている最中から、そうした彼の自己陶酔が見えると、ふっと気分が醒めていたのだ。

当時は、それが別れたくなるほどの傷にも思えなかったから、スルーした。いい気持ちにさせてくれるほうを重視したのだ。そのくらい、美結は弱くなっていた。

ほんの一時でも、つっかい棒がなければ崩れ落ちてしまうことがあるのだ。ダメ男との腐れ縁を断ちきれない弱い女を、美結は軽蔑できない。自分の中にも誰でもいいから優しくされたい渇望《かつぼう》があり、それが溢れそうになったことは恥ずかしさと共に忘れられない。都合よく忘れたいが、できないのだ。人間は失敗体験を忘れられない。でも、懲りることはできる。美結は一回で懲りた。それはおそらく、自己防衛意識が強いからだ。

不倫には泥沼がつきものと思われがちだが、それは相手との結婚を望む場合だ。まる二年付き合っている間、美結にも国広が妻と別れて自分と結婚すると言ってくれないかと望んだ一瞬があった。でも、それはクリスマスとか夏休みとか、ここぞというときに彼が家庭サービスをすることに傷つき、惨《みじ》めになったときに限られた。加えて、大事にしてくれたのは最初の一年半だけ。あとは徐々に馴れ合いにずり落ちていった。

国広は、美結が一人暮らしを始めたら当たり前のように気まぐれに立ち寄って、ささっとヤッて帰っていくようになった。セックス自体はそう悪くなくても、国広が帰ったあと、美結は寂しさより虚しさで胸焼けを起こすようになった。それはほどなく、怒りに変わった。

怒っているのは、自分に対してだ。

二十五歳で落ち込んだアイデンティティ・クライシスから、国広が救ってくれた。それは確かだ。美結を見出し、美結の感じること、考えることを肯定してくれた。ほめてくれたし、面白がってくれた。勉強になることも教えてくれた。

でも、美結の自意識、プライドを救ってくれた国広が、男女関係が続いていく過程で逆に、それらを傷つけるようになった。

都合のよい存在にされている。自分もそうだ。国広を本気で愛していない。一時期、必要だった。でも、それだけのことだったのだ。そんな関係を惰性で続けている。

何、やってるんだ、自分!?

「もう、会いたくない」

率直に切り出すと、国広は「どうして?」と訊いた。

「こういうの、イヤだから」

そう答えたら、黙った。

それで終わった。終わったとわかったとき、すごくせいせいした。

国広がその後、「これからも、よかったら友達として」とかなんとか弱含みの未練を見せたおかげで、自分には執着心のかけらもないことに気付いた。腐れ縁が自然に切れたのだ。

まあ、大人へのレッスンと言えないこともない、と自分に言い訳している。

実のところ国広以降、いわゆる「大人の関係」を持ったことはない。セックスも最後のほうは「させてやってる」感があったこともあり、セカンド・ヴァージンに突入しても性欲に駆られて「うっかりセックス」をやらかすような羽目に陥らなかった。

　正直、セックスはめんどくさいと思っている。生殖本能が薄いのかもしれない。それに、性欲がらみの関係性に嫌悪感がある。美結の中では、愛と性は一致しないのだ。セックスは子作りの手段でそれ以上のものではないと、経験者となって思った。

　愛で結ばれる関係しか、要らない。それが心からの願いだから、生まれながらに性欲がないのだと思う。

　美結は仲のいい両親に育てられた。

　といっても、常にベタベタしていたわけではない。喧嘩をしては、仏頂面《ぶっちょうづら》を突きあわせていた。お互い初老にさしかかった今はそれぞれ好きなように生きている感じだが、決裂した様子はない。いかにも馴染んだ間柄だ。なにより、美結に結婚に否定的な感情を植え付けなかったのが、いい夫婦、いい親の証明だろう。

　だからか、不倫をしている間、美結は罪悪感というより、国広との結婚を望んでいない自分が「間違った道を行っている」焦燥から逃れられなかった。

　もう、こんなことはしないから、正しい縁を授けてください。と、美結は天に訴えた。

　お金の苦労も引き受ける。一つのパンを分けあって生き抜く、そんな夫婦になりたい

――と最寄りの神社に願掛けをする健気な美結を嘲笑《あざわら》うように、先を越す人物が現れた。

5

アラコが結婚する。

相手はかの、蛍より生まれ変わりたい生き物について真剣に考えたという男だ。

そういえば、彼について「やつ」とか「そいつ」と称して語ったときのアラコの表情から、それらしい感情が漏れ出していたのを美結は覚えている。

彼は武道用具を扱う店の店員だそうだ。アラコは結婚しても、仕事を続ける。経済的理由が主だが、もともと専業主婦願望はなかったそうだ。

「だって、無理でしょ」

当たり前のように、アラコは言った。

生活のために働く。それが不景気チルドレンの、ことに女に標準装備の考え方だ。

子供ができたら、育児に専念したい。それが理想だ。豪邸も長いヴァカンスもゴージャスなパーティーだらけの日常も要らない。子供が小さいうちは、できるだけ時間を育児に当てたい。

それが無理なら、預かり時間の延長をしてくれて、保育士の質がよくて、給食があって、家から近い保育所に待機なしで入りたい――って、今の世の中、これが一番の贅沢なんだけどね。

子供の数が減っているのに、なんで保育所が足りないの!? 子供がまだ乳飲み子のうちの優はたびたび、更衣室で爆発していた。だから美結たちは、働く女の子育ての苦労に関しては、学んでいる。

ママ同士のバトルもあるから、専業主婦より働いているほうが、精神的な逃げ場があっていいかもしれない、なんてことまで話し合っているのだ。

バブル山元はしばしば、美結たちの付き合いが悪いとぼやいているが、仕方ない。美結たちが話を聞きたいのは、働く母親の先輩である優なのだ。

遊ぶのは、人生を豊かにする手段なのよ。遊ばなきゃや、ダメ――と、バブル山元は言う。だが、悠長におしゃれにうつつを抜かしたり、遊んだりしている場合ではないのだ。

そこのところが、あの女にはわかってない。

彼女を見て思うのは、シングルライフの虚しさだ。

二十代ですでに虚しいのだ。先の人生は是が非でも、充実させたい。

現実が充実して幸せな人を「リア充」なんて言って小馬鹿にするのは、ヴァーチャル依存者のひがみだよ。

ほんとに、自分を充実させたいのだ。

いい人間になりたい。自分だけがハッピーならそれでいい、じゃなく、人を幸せにできるような、晴れやかな人間になりたい。

きれい事っぽいけど、二〇一一年に起きた東日本大震災のおかげで、理想に対して「きれい事」と斜めに構えるほうがカッコ悪いと思うようになった。

愛こそ、すべて。

ひとりぼっちで死んでいくエリナー・リグビーではなく、六十四歳になっても孫に囲まれて慈しみあう二人でいようねと約束できるカップルになりたい。

そうなれたら、この人生ですべき事は他にないような気さえしている。

東日本大震災が、美結の家族作り願望に拍車をかけた。思いがけなく家族を喪《うしな》ってしまう残酷さに涙もしたが、亡くした人を思う気持ちの強さに感じ入った。

ひとりぼっちだったら、悲しみの量も少なかろう。それは寂しいことだ。

いざというとき、無事かどうかを胸が引き裂かれるほど心配しあう誰かがいる。

それこそ、お金に換えられない人生の贈り物だ。

大震災は、美結の中に根付いていたそんな思いを芽吹かせたのだ。

国広と切れていてよかったと、美結は思った。

あんなとき、人が真っ先に心配するのは家族だ。不倫なんかしている場合ではない。自分は、真っ先に心配される側にいたい。

大震災後、結婚するカップルが増えたという話は、単なる噂《うわさ》ではないと思う。

みんなが、そう思ったのだ。

死の瀬戸際にいるときに、一人でいたくない！


二十五歳で結婚するアラコは、三十までに二人は子供を産みたいと言っている。

美結も子供を産みたい。

ひとつの生命を産んで育てるというのは生き物に備わった基本の能力といえるけど、考えてみたら、これ以上の生産活動はないような気がする。

産むだけなら、セックスすればいい。だが、人間社会においては、育てるのが大苦労だ。お金がかかるし、心身の健康面もちゃんとみてやらなきゃいけない。折れず、曲がらず、健やかに育てることができたら、自分自身にご褒美をやれるような……。

生き甲斐とか生きる意味とか、そんな大げさなことを子供に託すのはよくないと思う。でも、やっぱり、自分の子供に会ってみたい。それもシングルマザーではなく、子供の誕生を心から喜ぶ愛情深い男と共に育てたい。

そういえば、バブル山元がカラオケでおはこにしている森高千里だって、そうだ。

あんな歌を作って歌った森高が、しゃらっと結婚して母親になった。芸能マスコミにとっては意外なことらしいが、離婚の噂も流れない。で、育児が楽になったからそろそろと芸能活動に復帰して、コマーシャルなどで活躍している。

松田聖子みたいに、「欲しいものは全部手に入れる」「なんにもあきらめない、強いわたしを見て！」風のガツガツした感じがない。

自分でいたら、自然にこうなった――そんな力の抜け加減がいいのよねえ。憧れる。バブル山元とは大違い。

そのことが、わかっているのかね、あのパワーあり過ぎ女は。


東日本大震災以降の美結には、求める男のはっきりしたイメージがある。

いい父親になりそうな男。

保育士なんか、いいなあ。と思ったら、考えることは同じらしく、保育士はモテるのだそうだ。保育士を目指す男も増えているとか。

目から鼻に抜ける賢さでバリバリ働くエリートは、ごめんこうむりたい。

バブル女はとにかく高収入を狙ったらしいが、稼ぐということは仕事漬けなわけでしょう？　家庭は二の次。でもって、俺さま体質に違いないから、威張り散らすよ。

トップにいればいるほどストレスも相当だろうから、神経ピリピリ、思いやりゼロ。家族は八つ当たりのサンドバッグ代わり。

いくらお金があって贅沢三昧させてくれても、優しくない人はイヤだ。あ、この「させてくれる」という感覚が、すでにイヤだ。

夫婦は運命共同体。「してやる」「させてもらっている」みたいな上下関係が介在するのは、イヤ。

お互いに助け合うのが自然で、そのことに素直に感謝できるような、そういうのがいいなあ。

ああ、ほんと、考えただけで涙とよだれが出てくる。

野々村開は、その点、ストライクゾーンに入っているのだ。

低めぎりぎり一杯というところだが、男としてのセックスアピールがまったくないところが、逆に「いい父親になりそう」なイメージに結びつく。そう思うと、どんどん、そんな気がしてきて、開をみるたび心拍数があがるようになった。

緊張してしまう。軽い気持ちになれない。今までにないくらい、本気モード。

それくらい、「結婚」に集中しているということかもしれない。開本人より「結婚」に恋しているような、そっちに追い立てられているような……。

それに開と自分との間に、まったく縁がないとも思えない。

この間、『Hey Jude』をハミングしてたら、開が「あ、それ、ロンドン・オリンピックで歌ってたやつね」と反応した。

来た！　つながった、かもしれない……。

と思っただけで、美結の心臓が喉まで跳ね上がって、吐きそうになった。

「う……ん」

「いい歌だよね。あの会場で一緒に歌いたかったなあ」

開はオリンピックが好きなのだそうだ。開会式と閉会式の選手の入場行進がとくに好き。

「なんか、みんなニコニコしててさ。見てると、こっちもニコニコしてくるじゃない。小さい国が民族衣装着て胸張って歩いてるのも、ぐっとくるし」

「……そうね」

単純だ。そこがいい。

国広は「夏のオリンピックがある年はアメリカ大統領選と重なるだろ。オリンピック期間中は、みんなおとなしくしてる。そのぶん、終わった途端に政争が始まる。オリンピックでナショナリズムがあおられるから、その後、紛争が起きやすくなる。それを狙ってるやつらがいるんだよ。軍事産業のトップとか工作員とか」と言った。

醒めた見方をするのは、職業柄なのか。そんなところに感心していたときもあった。

でも、一般庶民が水面下の思惑に気付いたところで、どうにもならない。悪い想像が湧くだけだ。

なら、単純に感動できるほうがいい。

単純で素直で、複雑に屈折する深度がないほうがいい。

よし。行け、美結。

「あのね」

思い切って話しかけると、開は「うん」と素直にこっちを向いた。

「『じゃんけんで負けて蛍に生まれたの』、っていう俳句、どう思う?」

「あ、えっと」

ぼんやり美結を見たまま、固まった。

「それ、何かな。つまり、その答えで性格を診断するとか、そういうの?」

その下心はあるが。

「そうじゃなくて、すぐにはわかりにくい俳句じゃない? 『古池や蛙《かわず》飛び込む水の音』みたいなのと比べると、抽象的で。だから感想聞きたくて」

「ああ、そうか。あの、もう一回、言ってみて」

「じゃんけんで負けて蛍に生まれたの」

「それは、その……負けて蛍っていうのは、それっぽいと思う」

「それっぽいって？」

「蛍って、そんな感じするじゃない。勝ち誇ってるのとは違う、どっちかというと敗北のほうって感じ？　悪い意味じゃなくて、敗北の美学？　ほら、西郷隆盛《さいごうたかもり》とか土方歳三《ひじかたとしぞう》みたいな」

うん——うん、うん！

それ、いい。

ガンガン勝ちに行くのは、性に合わない。敗北、即、ダメってことじゃないと、思ってるのだね。いいよ、いいよ。

やっぱり、しっくりいきそうな予感がする。

その感触を大事にしろ、美結。頭で考えすぎるな。

本当に彼でいいのか。彼は受け入れてくれるのか。相性はいいのか。焦って、墓穴を掘りそうになってないか。彼と幸せになれるのか。幸せって何？

なんて自問自答を始めたら、自意識過剰をこじらせて、またまた自分で自分を閉じ込めてしまう。

攻撃は最大の防御なり。

進め、美結！　とびかかれ！

「へえ、ノノくんって、ひょっとして幕末好き？」

割って入ったのは、バブル山元だ。

「あ、いや、別に歴史オタクじゃないんですけど、大河ドラマなんかで見比べると、幕末が一番キャラクターが揃ってて、面白いと思います」

「よねえ。わたしも戦国時代や平安時代より幕末が好きよ。織田信長《おだのぶなが》より龍馬《りようま》。義経《よしつね》より勝海舟《かつかいしゆう》って、わたしも大河ドラマで知ってるだけなんだけどさ」

わたしだって、そのくらいのこと、言える。わたしだって、信長より龍馬のほうが好きだ。いやいや、問題はそこじゃない。

わたしは彼と、負けて蛍の一件を話し合っている途中なのだ。混ぜっ返すな。わたしの（にする予定の）鬨に、手を出すな！

それでなくても気の弱い二十代男は、引っ張られると吸い込まれてしまう危険性大なんだから。

battle 4

あやうし！四十路シングルライフ

1

金曜日の早朝六時半、山元里佳子はまだ夢の中にいる時間帯である。

起床時間は八時。三十分で洗顔、ベースメイク、前夜のうちに用意しておいたお仕事スーツをちゃっちゃと身に着けながらトーストをかじり、バナナをぱくつき、コーヒーを飲んで、歯磨き、仕上げメイクまでをこなし、早足で徒歩五分の距離にある駅へGO。満員電車に十分揺られて、降りて、そこから小走りで七分のオフィスに駆け込み、更衣室のロッカーにバッグを放り込んでオフィス用のローヒールパンプスに履き替える。トイレに寄って、ぱぱっと全身点検して、デスクについたらピッタリ九時。

座ったと思ったらすぐに立ち上がり、恒例の朝礼に付き合って、それが終わったら給湯室に行って、マイ・カップにマイ・ハーブティーを注ぎ、マイ・デスクですすって一息入れつつ、メールのチェック。

たまに朝食を抜くこともあるが、これが長年のOL生活で構築した行動パターンである。

もう少し早起きすれば、すべての行動にゆとりが持てる。だが、しかし、ギリギリまで眠って、あとの行動を早回しにするほうが里佳子の性に合うのだ。スピード感が好きなのよね。だらしないくせに、せっかち。詰めて「だらしなせっかち」。でも、トロいより、いいでしょう？

てなわけで、目覚まし時計は八時十五分前にセットしてある。目が覚めて、起きる決意をするまでに十分以上かかるからだ。

アラームは電子音だ。しかし、この日は別の音が鳴った。里佳子の脳は音を認識して、睡眠を断ち切った。寝ぼけ眼《まなこ》で時計を確かめると、六時半。

え？

そして、また音が。ピンポン。

これは、マンションの入口から各部屋を呼び出すドアホンだ。

なによ、今頃。いたずら？　放っとこう。と思ったが、また鳴った。郵便配達と宅配便は二度ベルを鳴らすが、これは三度目。

もしや、緊急事態発生か。母親が家出してきたとか？

半分覚醒した頭が導き出した答えに従ってヨロヨロ立ち上がり、リビングにある応答モニターに向かった。

画像をよく確かめず、音声スイッチを押して「はい？」と応じると、男の声が「新聞、持ってきた」と言うではないか。

ヘンだ、と少しは思ったが、脳内センサーはまだ起動途中だ。

「新聞なら、いつもの通り、ポストに入れておいてください」

眠気が残る声で答えたのだが、なんと男は「あんたに話がある」と続けた。

こと、ここに至って「おかしい！」と思うべきなのである。だが、未だ半睡状態の脳は、「話って？」と、ごく素直に応じてしまうのだ。

「そーぷ」と、男の声が言う。

「は？」

里佳子は確かに、そう答えた。すると、男が繰り返した。

「そーぷ」

そーぷ……。ソープ⁉

今度こそ、目が覚めた。里佳子は目も口もあんぐり開けて、モニター画面を見た。ハンチングを深くかぶり、眼鏡をかけたオヤジくさい男の顔がうすらぼんやり見える。

「なんですって⁉」

この言葉も、すぽっと口から出た。これだけ驚愕《きょうがく》しているのに、男はさらに言った。

「おたく、風俗やってるんだろ」

「なに、おっしゃってます⁉」

実に不思議だが、反射的に丁寧語が出た。

そのせいなのか、あるいはヒステリックな憤怒《ふんぬ》の声のせいか、その両方のせいかわからないが、男は「あ、ごめん」と謝った。

「間違えた。すまん」と続けて、なおも「おっかしいなあ」なる呟きを残しつつ、立ち去った。

ここまで来れば、恐怖で腰が抜けてもよさそうなものだが、里佳子は「なによ、今の」と愚痴りつつ、ベッドに戻った。

寝直そうと思ったのだ。

だが、枕に頭を落とし、毛布をたぐり寄せた二分後に怖くなった。

朝っぱらから、わたしの部屋番号を選んでドアホンを鳴らして、ヤラせろと言ってきた！

間違ったと謝ったけど、それってどういうこと？

このマンションで売春をやってる人がいるってこと？

それにしても、朝の六時半よ。そんなの、あり？

いや、夜働いて、仕事明けに一発という輩《やから》はいそうだね。

いやいや、あくまで「間違えた」というのは嘘で、実はやっぱり一人暮らしの女を狙ったレイプ魔？

集合ポストも玄関ドアも『山元』だけで、女の一人暮らしだと悟られないようにしてるけど。でも、ここ、長く住んでるし、わたしが一人だってことを知ってる人は知ってるわよね。

それとも、当てずっぽうに押して、たまたま答えちゃったマヌケがわたしってこと？

だけど、「ソープ」だ「風俗」だなんてドアホンで言ったら、不審者でございますと発表してるようなものじゃない。わたしはぼーっとしてやり過ごしたけど、普通なら即、警察呼ばれてご用よ。

あ、でも、警察が一分以内に来るわけないから、逃げられるよね。だったら、目的は何？

もしかしたら、「新聞を持ってきてもらう」ために、うっかりロックを解除する警戒心ゼロの女にぶつかるチャンスを狙ってのこと？

あれこれ考えるうちに興奮して、二度寝どころではなくなった。

起きて、まず新聞販売所に電話した。そして、経緯を話して「もしや、おたくの配達員では」と確かめてみたら、「六時半なら配達をすませて事務所に帰っている時間です。それは警察に届けたほうがいいですよ」と、迷惑そうに言われた。

交番は駅の横にある。里佳子は大急ぎでメイクをして、とりあえずトレーナーとジーンズにコートを羽織って、交番に走った。

七時を回っていたから、駅に向かう中高生や通勤客の流れができている。すっぴんにパジャマ姿では行けない、くらいには里佳子の理性、あるいは自意識は働くのである。

そして、警官にペラペラと経緯をしゃべった。

里佳子としては、マンションのポストや新聞やコールボタンについているはずの犯人(でしょ！)の指紋をとるとか、あるいは「もしかしたら、マンション内で違法な売春行為が」という疑惑に応じて捜査が入るとかのリアクションを期待したのだが、警官の答えは「そういうときは、すぐに一一〇番してください」だけだった。

里佳子は、自分の部屋番号で売春をしているというガセネタが流れているのでは、と不安を訴えたが、「その場合はまた来る可能性がありますから、とにかくすぐに一一〇番してください」なのである。

不審者を確保して尋問しないことには、なぜ里佳子を呼び出したのか、わからない。

「精神を病んだ人がいますから」と、警官は言った。

なるほど、近頃は「変態」「変質者」「頭がおかしい」という表現は使えないのか。

パトロールとか、してくれないのかしら。

ブツブツ言ったが、この世には人の家に押し入ろうとする不審者がゴロゴロいるので、通報がなければどうしようもないらしい。

里佳子の住むマンションは駅前立地のうえ、大手不動産会社の名前を冠して「ハイクラス」をもって任じている。従って、居住者の素性は総じて問題ない(と思われる)。

里佳子もそう思っていた。二十年近く住んでいるが、怖い目にあったことはなかったのだ。夫婦喧嘩で警察や救急車が出動したことは何度かあったが――。

ともあれ、セキュリティに問題はないと安心しきっていただけに、ショックが大きい。というか、ショックはあとからジワジワやってきて、気持ちが切り替わらなくなった。とてもじゃないが、すぐ出勤モードになれない、とりあえず、実家や姉妹に電話をして、事の次第をしゃべりまくった。興奮状態が続いて、黙っていられない。

母も姉妹も朝は忙しいのだが、事が事だけに家事をほったらかして聞いてくれた。三人とも、おぞましげな声で同じことを言った。

「気持ち悪いねえ」

怖い、ではなく、気持ち悪い、である。

里佳子の身を心配すると同時に、女としての生理的嫌悪感が刺激されたのだ。

とにかく、用心すること。合い言葉のように同じ言葉を交わしあって、一息つくと八時半だった。

里佳子は会社に『わが家に不審者が現れたので、対応のため、やむなく半休をとります。午後イチ出社しますので、よろしく』とメールした。

休むほどではない。というか、家の中でじっとしているほうが怖い。陽光の下でシャキシャキ活動して、身体にこびりついたイヤな記憶とイメージを振り払いたかった。

抱え込むとPTSDになるのよ、きっと。できるだけたくさんの人にしゃべりまくって、外に出さなきゃ。

ということで、フェイスブックとツイッターでお披露目。

――早朝、うちに不審人物が。最初は「新聞持ってきた」次は「話がある」、はては「おたくは風俗やってるんだろう」と言うのだよ。うちはオートロックだからシャットアウトできたけど、世の中、アブないやつが野放しなのだ。みんなも気をつけてね――

すると、すぐに反応があった。

男たちからは心配しているかのような短いコメントが届いた程度だったが、女たちは一様に興奮していた。

怖いねえ。気持ち悪い。警察に届けた？　警察に言っても、何にもしてくれないよ。妙な時間の訪問は無視するに限る。大事に至らなくて、よかったね。ドアさえ開けなきゃ、大丈夫。油断大敵。防犯意識を高めよう。風俗と言うのがおかしい、嫌がらせかもしれないよ、誰かに恨まれてない？　知らないうちに目をつけられて、ストーキングされてるとか？

等々、不安を煽《あお》るような言葉が殺到したおかげで、かえって考え込んでしまった。

もしかして、ストーカー？

うちの住所で風俗をやっていると、嫌がらせの情報が流されてる？

やだー、そのほうが怖い！

でも、不審者は「ごめん」と謝って、逃げた。「おかしいなあ」と、さも本当に間違っただけ、みたいな言い訳まで残した。絶対、あわよくばを狙った性犯罪者よね。

痴漢は大声を出されると、すぐに逃げるそうだ。今朝の不審者は、里佳子の丁寧語による怒りの声から「あ、こりゃ、反撃される」と、即座に判断したと考えられる。

里佳子は「待て、しばし」がなく、頭に来るとすぐにキンキン声で切れ目なく罵倒と説教をぶちかます。それがよくないと、過去、女友達や付き合っていた男に諄々《じゅんじゅん》と諭され、ふくれながらも反省していた。

反省するだけで改善しなかったが、もしかして、この怒りのぶちかましが不審者をビビらせたとしたら——。

女は怒るべきよね。

と、再度、ツイッターで拡散させようとしたが、思いとどまった。ネットって、こういう発言は、隠れ性犯罪者を挑発する可能性がある。根性悪の巣窟だからねえ。そんな誤解をされるような女なんだとかなんとか、コメントするやつ、必ずいるんだよ。

世の中、ほんとに歪《ゆが》んだ連中が普通にゴロゴロしてるわ。

などと考えていると、イエ電が鳴った。ギョッとした。そして、ナンバーディスプレイから実家だとわかると、ホッとした。

いやはや、自分で思っている以上に恐怖感を刷り込まれたようだ。

受話器を取ると、すぐに母の声が飛び込んできた。

「あんた、大丈夫？」

やはり、時間がたつほど悪い想像がふくらんできたらしく、声音がたっぷり暗い。

戸締まりをきちんとしろとか、防犯ブザーを持ったほうがとか、一人でエレベーターに乗らないようにとか、一人暮らしデビューしたばかりの娘に言うような注意を並べた。

だよね。

その昔は防犯ブザーを持ち歩いたものだが、取り越し苦労ですんでいるうちにガードがゆるくなったのは事実だ。

「うん、わかった」と答えて、電話を切った。

母はまだ何か語りたそうだったが、恐怖を上乗せされるばかりでは、たまらない。

やーだなあ、こういうの。

レイプ魔や通り魔が獲物を探して歩き回っている。それだけでなく、ストーカーや嫌がらせやマンションの奥様売春疑惑など、不安要素の可能性は全部残っている。それが現実。その恐怖感が、人を弱くする。

むやみに怖がったら、負けだ。

そう思って闘おうとするもう一人の自分を、里佳子は健気だと思った。

だって、抑えても抑えても、現実に不審者と接触した記憶がイヤな想像を伴ってぶり返すのだ。

変質者はどこにでもいる！

一人暮らしは危険が一杯なんだ!!

2

お昼は家で食べた。といっても、レンジで温めるだけのオムライスだが、食欲が損なわれていないらしいことに、とりあえずホッとした。

しかし、なにより里佳子を慰めたのは、後輩ＯＬたちの同情だった。

出社するとすぐにわらわらと寄ってきて、「大丈夫ですか」と気遣ってくれたのだ。気遣うというより、「明日は我が身」の恐怖感が強いのだろうが、普段、敵意さえ感じさせる二十代女子たちが共感を示したのが、里佳子は嬉しかった。

「それがねえ、だんだん怖くなってきちゃったのよ。世間には性犯罪者が野放しになってるわけでしょう。あなたたちも気をつけてね。子供に言うようなことだけど、知らない人がドアホン押したら、とにかく一一〇番通報よ。うっかり応答したら、ここには女がいるぞって目をつけられちゃうから」

仕事もそこそこに立ち話だ。里佳子は座っているが、後輩ＯＬがまわりを取り囲んでいる。上司も今日ばかりは見て見ぬふりをすると決めたらしい。

「わたし、旦那がいると思い込ませて追っ払ったこと、ありますよ」と言ったのは、荒井だ。

「日曜日だったんですけどね。郵便局ですが、郵便物についての問い合わせですとか言うんですよ。ドアホンごしに、なんですかって聞いたら、現物を見てもらいたいって。ヘンでしょう。だから、大声で、あなたあ、郵便局の人が聞きたいことがあるって来てるけどって、演技したんですよ。郵便局に電話する？　え、警察呼ぶの？　なんて言ってたら、階段を駆け下りる足音がしてね。ドアスコープでのぞいたら、もう、消えてました。やっぱり、女が一人っていうの、狙われやすいんですよね。すっごく腹立つけど」

荒井が住んでいるのは、オートロックなどないアパートだ。ドアホンもカメラ付きではない。犯罪を目論《もくろ》む者にとっては、狙いやすい条件だ。

「でも、やっぱり、オートロックでカメラ付きドアホンみたいにセキュリティがちゃんとしてると、追い返せるからいいですよね」

才川が眉間に皺を寄せて、ため息をついた。

「わたしなんか、一応、マンションですけど、鍵とチェーンロックだけですよ。セキュリティがいいところは家賃が高くて」

「でも、オートロックって、誰かが開けたときに一緒に入れるじゃない」

筒見が、もっともなことを言った。

「オートロックだからって油断して、ドアの鍵をかけてない人がいるから、そこを狙う犯罪者もいるらしいよ。だから、やっぱり、ドアの戸締まりなのよ。主任のマンションだってオートロックなのに、入ろうとしたわけですものね」

普段のほんわかムードとは裏腹のきりりとした面持ちで、筒見が里佳子を見た。

「だから、余計、わけわかんなくて。本当にソープの裏営業してる居住者がいる疑惑がまだ生きてるのよね」

「そんなこと、ないでしょう」

筒見はすぱっと言った。

「最初に、新聞、その次に話があるって言ったんでしょう? なんとかして、ドアを開けさせようとしたんですよ。で、何の話かと追及されたから、ソープって、とっさに言い訳したんだと、わたしは思いますね、自分は犯罪者じゃないというアピールですよ。もし警察呼ばれて、つかまったときにはそう言おうと思ってたんじゃないですか。犯罪者って、とにかく、つかまるのが一番怖いらしいです。殺人犯が被害者を殺す理由で一番多いのは、つかまりたくないからなんですって。被害者が生きてたら、通報されちゃうでしょう？」

「遙佳、犯罪者心理に詳しいのねえ」

才川が感心した。

「まあ、クライムノベルの愛読者ってだけですけどね」

筒見は肩をすくめたが、自慢げではある。実家暮らしでこの手の怖い思いをしたことがないから、わかったような口がきけるのだ。ここは、釘を刺してやらねば。

「わたしはね」

里佳子は口を切った。

「こんなことがあって初めて、レイプ被害者の気持ちがちょっとだけ、わかったわ。わかったと言うのもおこがましいくらいではあるけどね。とにかく、予測してないときにいきなり襲われたら、とっさにしかるべき対応なんて、できないものよ。わたしはモニター越しだったから無事だったけど、もしも面と向かってて暴力振るわれたら、どうしようもなかったわ」

言ってやると、筒見の得意げな鼻先がしゅんとしおれた。

「あんな言い方でドアを開ける女なんていないとわたしは思ったから、あのときはソープ裏営業の可能性のほうを信じたの。けど、それは常識人の発想なのよね。筒見さんが言ったことが正しいんだと、今は思うわ。つまり、オートロックだろうがカメラ付きドアホンだろうが、開けさせて押し入ろうとする変質者が、平気でウロウロしているわけよね」

おー、今度こそ、全員が恐怖を実感した。ざまあみろ、ではあるが、里佳子としては、少しでも後輩たちに現実を甘く見てはいけないと警告する親心だと言いたい。

「アラコはもうすぐ、本当に旦那と暮らすことになるから、安心よねえ」

筒見が羨ましそうに言うと、荒井は真剣な眼差しで宙を睨んだ。

「結婚したって、旦那がいつもいるわけじゃないもの。わたし、玄関に剣道の竹刀《しない》、置いとくことにするわ」

「わたしも護身術、習おうかな」

深刻な面持ちで、才川が呟いた。

沈みそうになった雰囲気を振り払うように、荒井が「テレビで見たんですけどね」と元気よく言い出した。

「後ろから羽交い締めにされたら、爪先を思いきり踏みつけて、みぞおちに肘鉄というのが効くそうですよ。正面からなら、のど仏を殴りつける」

闘う女の荒井は、身振りを交えた。

「あと、やっぱり、急所ですね。レイプ魔なら、むき出しにするでしょう。そこを、もう、死に物狂いで攻撃するんです。蹴飛ばす。踏みつぶす。思い切って、つかんで、引きちぎる。フェラチオさせようとしたら、食いちぎる！」

筒見の声が高らかにオフィスに響き渡り、男どもがそろって、しょっぱい顔をするのが見えた。

ほんとに、レイプ魔がつかまったら、女たちでよってたかって一番痛い方法で去勢することと、刑法で決めてほしいわ！

3

不審者侵入の当日は興奮状態が続き、仕事にならなかった。

関係各方面に電話をして、半休をとった言い訳をするついでに体験をしゃべり、そのたびに仕事そっちのけで盛り上がったのだ。上司からのお咎《とが》めは、やはり、なかった。

わたしはそれだけの仕事をしてきたから、半日くらい何もしなくても目くじら立てられたりしないわよ。そんな自負まで感じて、里佳子はむしろ上機嫌だった。

だが、それも会社にいるうちだ。

夕食の買い出しをし、マンションに入るとき、今朝の出来事がぶり返してきて緊張した。

あたりを見回し、あやしげな人物がいないか確かめた。エレベーターに乗る間も、心拍数が上がった。大急ぎで玄関を開け、中に飛び込んで、すぐにロック。

今までは、中に入ると同時に鍵を閉めるのが習慣の作業になっており、ほとんど無意識でやっていた。だから、閉めたかどうか確認することもなかったのだが、今回はチェーンともども施錠したことを目でチェックしたうえ、念には念でノブを回してもみた。部屋の明かりを次々につけ、テレビもつけて、静寂を破った。

明るいリビングに一瞬立ち尽くし、「二人きり」を実感した。

今朝はオートロックの壁で撃退できたけど、もしも誰かがあとをつけてきて、ドアを開けたところで羽交い締めにされて、押し入られたら？

荒井が、爪先を踏むとか肘鉄を食らわすとか言っていたが、とっさにそんなこと、思いつけないよ。恐怖はエネルギーを奪うし……。

悪い想像が、どんどん湧いてくる。そんなこと、考えたこともなかったのに。

寂しいだけなら、なんとかなる。でも、女の一人暮らしだから、狙われるのだとしたら？

言葉を交わしただけとはいえ、里佳子は性犯罪者と接触したのだ。あんな思いは、二度としたくない。

まもなく結婚する荒井を、ＯＬたちは羨ましがった。だが、里佳子はあのとき、同調できなかった。

「何はともあれ、用心が一番ってことよ」と、訓話する形で締めくくった。多分、プライドがそうさせたのだ。年上として、そして、一人暮らしのベテランとして——。

だが、やはり、結婚で「一人暮らしの女を狙う卑怯者の性犯罪者」をブロックできるなら、ぜひ、そうしたい。

北村にも恐怖体験をメールした。「気をつけろよ」と、短い返信が来た。

それだけなのだ。

これが妻だったら、彼はすぐにでも電話をし、じかに声を聞いて無事を確かめようとするだろう。

無論、北村とはまだ旧友止まりだ。本気で心配してくれないからといって、怒る筋合いはない。だが、もし、セックスして関係を深めていたら？

彼はもっと心配してくれるだろうか。

心配くらいはしてくれるだろう。だからといって、「怖いから来て」と頼んでも、応じてはくれないだろう。

そうだ。こんなときに何も期待できない男と付き合う意味があるのか？

ああ、わたしの人生って、失敗してる感じ？——と、心が折れそう。

料理をする気になれず、買い置きのインスタントラーメンで夕食をすませた。

こんな状態をわびしいと思ったことはなかった。むしろ、この気楽さがシングルライフのいいところだと喜んでいたのだ。

今までが呑気《のんき》すぎたのか。この体験はもしかしたら、運命の神からのサインなのかもしれない。

おまえは一生シングルでいるべきではない、とか。

鬱々《うつうつ》と食後のお茶をすすっていると、着信音が鳴った。ディスプレーを見ると、玖実だった。

玖実にも、不審者のことはメールしてある。だから、てっきり、その件だと思い、すぐにも話そうと口を開けたのに、玖実のほうが早かった。

「里佳子、ミナミさんのこと、知ってる?」と来た。

「知ってるって、何を?」

「あの人、自己破産したわよ。その上、生活保護申請中よ。落ちるとこまで落ちちゃったのよ!」

「えー!?」

「わたし、あの人にお金貸してるのよ。大体、三十万くらいなんだけど、返ってこないのよ! 踏み倒されちゃうのよ!」

玖実の声がひっくり返っている。里佳子の心配などしている場合ではないのだ。

三十万円の踏み倒しですよ。この不幸に比べたら、不審者が来たくらい、ハエが止まったくらいのもんでしょう!?

みたいな勢いで耳になだれ込む情報に、里佳子は押されっぱなしとなった。

グラフィックデザイナーの千崎《せんざき》ミナミは自分で事務所を構えており、里佳子が新人の頃から印刷物広告の発注先として会社に出入りしていた。

車好きで、ＢＭＷにサーブにベンツと外車を盛んに乗り換えていた。冬には毛皮のコートをまとい、バカンスといえば南の海でダイビング。飛行機はビジネスクラス。新幹線はグリーン車。ホテルは五つ星クラスとセレブ暮らしを謳歌していた。

金払いのよさは、自分のためだけではなかった。評判のレストランやカフェバーなどに里佳子たちを引き連れていき、おごってくれるのも習慣だった。仕事柄、流行りものの情報通で話題豊富。華やかで陽気でパワフルで、会話するのが楽しかった。

彼女は一人っ子だが、物心ついたときから両親の仲が悪く、喧嘩ばかり。おかげで、結婚しても何もいいことはないと刷り込まれた。

自力で生きるのが一番。お金を持って死ねないから、稼ぎは人生を楽しむために使うわ。誰にも頼らず、自分のために生きるの。そうと決めたら、寂しくもわびしくもない。孤独が伴侶。そのほうがいい。誰にも遠慮せず、したいように生きる。「贅沢が最大の復《ふく》讐《しゅう》」がわたしのモットー、とうそぶいていた。

男前だ。ハンサム・ウーマンだ。

里佳子も玖実も、そんな彼女に憧れていた。

しかし、長引く不況で会社は大幅に広告費を削った。そのうえ、パソコンに詳しい社員にホームページを作らせることにした。

二〇〇〇年代に入ってからのことだが、やってみるとそれで事足りると判断し、外注をすっぱり切り捨てた。

こうして縁が切れたことから、ミナミとの付き合いもなくなった。憧れてはいたが友達ではなかったから、それっきり気にもしていなかった。

それにしても、自己破産だの生活保護だのは予想外もいいところだ。

「贅沢が最大の復讐」を信条にしていた人に、そんなことがあり得るのか?

玖実が踏み倒されたのは、ブティックの売掛金だ。

ミナミは玖実にとって、有り難いお得意様だった。バーゲンにならないと来ない里佳子とは違い、新製品が出たときに来る。しかも、一着ではすまない。

セーター一枚を気に入ると、それに合うスカート、ジャケット、スカーフ、アクセサリー、靴、バッグとコーディネート一式をお買い上げになる。一回の買い物で十万を超すのが常だった。

大手クレジット会社のゴールドカードは、「買い物の額が大きいから、すぐに資格とれた」ということで、四枚持っていた。

そのカードが使えなかったことは、ままあった。そんなときは、玖実が立て替えた。ギャラが入ったらすぐに返すと、約束したからだ。そして、その約束は果たされていた。

「それがいけなかったのよねえ」と、玖実はため息をついた。

五年前から、返済が遅れるようになった。とうとう、累積で三十八万円になったが、根がお嬢さんの玖実には、取り立てるような真似がしにくい。メールで「あれはどうなってますか？」と遠回しに催促するくらいしかできなかった。

返事はメールで来た。

発注元が倒産して、ギャラの支払いが滞っている。なんとかするから、少し待って。全額一度には無理なので、分割して払うから。そんな答えで、少しずつ振り込まれてきた。

そのうち、売り出しのダイレクトメールを送っても、店に来なくなった。返済がまだなのに、買い物しに来るわけにはいかないだろう。玖実はそう思い、来なくてもいいから借金は返してほしいとメールした。直接要求しようと電話をしても、留守番電話に切り替わるだけだからだ。

メールなら、返信が来た。「ごめんね。もう少し待って」という内容だが。それでも、反応はあったのだ。

それも一年前から、なしのつぶて。そして、とうとう自己破産されて、三十万円は踏み倒しと決定した。

三十万もの貸しを一年も放置しておいた玖実に、里佳子はあきれた――と言いたいところだが、実は里佳子もミナミに貸しがある。一万円だが。

あれはやはり、一年くらい前になるだろうか。突然、電話がかかってきた。日曜の深夜だった。近くのコンビニにいるが、財布を持たずに外出したので、カードを使えない。帰りの足代もない。申し訳ないが、いくらか貸してくれないか。

その「いくらか」を一万円と判断したのは、里佳子の見栄のようなものだ。加えて、一万円くらいなら、すぐに返ってくるだろうとも思っていた。

「それが普通の感覚よね」

玖実は言った。

「でも、それは普通に働いて、ちゃんと収入があってこその感覚なんだって、わたし、勉強したわよ。借金で首が回らない人には一万円は大金よ。というか、わたしたちにだって、一万円は大金でしょう。返ってこないとわかっても、一万円だからいいやと思える?」

「思えないわよ!」

里佳子は即答した。

一万円でもムカつくのだ。三十万踏み倒された玖実の怒りが、里佳子は容易に想像できた。

「でも、上には上がいてね」

二百万近く貸した人もいるそうだ。幼なじみで本当に仲良しだったので、窮状を訴えられて断れなかったそうだ。

玖実が何故、そんなことまで知っているかというと、債権者を集めてミナミが打ち明けたからだという。

そのとき、肝臓ガンのしかも末期であることも伝えられたそうだ。

「げっそり、痩《や》せてたけどね。なんか、卑怯じゃない？　もうすぐ死ぬんだから、借金踏み倒しは許してねって言ってるようなもんじゃない。実際、誰も責めるようなこと言えなくて、いやーな雰囲気だった。場所がまた、あの人のけっこうなマンションだったからさ」

「マンションに住んでて、自己破産とか生活保護申請とか、できるの？」

里佳子は思わず、質問した。身近に生活保護受給者がいないせいか、この方面にはまったく無知だ。

「賃貸で、家賃も滞納してるんだって。だから、引っ越しするからって、荷物はまとめてあったけどね。まさに、蟻《あり》とキリギリスよ。颯爽としてカッコいいと思ってたけど、そう見せてただけだったのよね。で、そう見せるために借金重ねて、ついに破綻したわけよ。

末期ガンと言われても、悪いけど、同情できない。もしかしたら、それだって嘘かもしれないじゃない？」

「あの人、確か、団塊の世代あたりよね。年金もらえるんじゃないの？」

「だから、年金に生活保護を加えた額で生活するわけよ。中には、死んだら生命保険がおりるから、それで返すって遺書を書かせた人もいるそうだけど、生活保護受けてる人の生命保険って、自治体に返却されるんだって。どっちにしろ、自己破産なんだから、みーんな、踏み倒されて泣き寝入りよ。申し訳ないんで、せめて逃げも隠れもせず謝りたいから来てもらったって、泣きながら土下座よ。よけい、滅入っちゃったわよ」

「いやー、なんかショックねえ」

自力で生きていたからこそ、プライドが高く、カッコよかったミナミが泣きながら、土下座した——。

それ以前に、その場しのぎの嘘を重ねて借金しまくっていた事実がショックだ。里佳子が一万円を渡した深夜のコンビニ。あのときのミナミはバーバリーのトレンチをまとっており、とくに変わった様子ではなかった。

それを言うと、玖実は「まったく、よくもまあ、あれほどシレッとしてられるわよ」と、憤慨を新たにした。

「でも、母親に愚痴ったら、本人が一番惨めに違いないんだから、安楽に暮らしていられる自分は幸福だと思ってあきらめなさいって言われてさ。そりゃ、そうよね。団塊の世代って、生命知らずを気取るようなところ、あるじゃない。けど、年とってから惨めじゃない生活をするのが一番よ。里佳子も、女を売りにするなら今のうちよ。四十代は境目かもよ」

また、ドキッとすることを言ってくれるじゃないか。

「ミナミさんだって、四十代までは恋人いて、結婚のチャンスもあったはずなのよ。買い物に来てた頃、彼氏へのプレゼント買ってたもの。その頃に手を打っとけばよかったのに、元気な頃の強気をずっと引きずってたのね。女としての売り時を逃して、ずっとひとりぼっち。借金まみれになっても、そんなことになっていると気付く人が誰もいなかったのよ。助けてくれる人もいなくて、ついには生活保護。そりゃあ、結婚してたって、稼ぎがなけりゃ、やっぱり生活保護だけど、そこまで落ちる前にできることがあったはずよ。そうでしょ」

ようやく自分の話ができそうで、里佳子は勇躍、口を挟んだ。

「結婚ってやっぱり、人生の安全保障の決め手なのかしらねえ。わたしも、ほら、今朝方、不審者が来たじゃない。だから、怖くなっちゃって。ＰＴＳＤになりそうよ」

「フン！」

鋭い鼻息が、里佳子の話題をぶっ飛ばした。

「ＰＴＳＤって言うなら、わたしの踏み倒され事件のほうが重いわよ。三十万よ。旦那には内緒にしてるから、余計ストレスよ。自分に腹が立つ。けど、やっぱり許せないのはミナミさんよ。借金踏み倒すなんて、人間のクズよ！」

なんだかんだ言っても、金の恨みは一生ものだ。里佳子より、自分のほうが不幸。そう言いたい気持ちはわかる。でも、落ち込んでいる里佳子を心配せず、忠告の形で不安の上塗りをする玖実を、里佳子は憎んだ。

やはり、この女は本当の友達ではないんだ。

腹の立つことは、翌日も続いた。

会社に野々村が現れて、「あのう」と遠慮がちに声をかけてきたのだ。

「不審者の件なんですけど」

あら、心配してくれるのかしら。期待して目を上げると、野々村は多色刷りのチラシを差し出した。

「男の声で応答するドアホンがあるんです。山元さんとこの事件をうちの部長が聞きつけて、ぜひ、これを勧めてこいということで。セキュリティ強化のリフォームも、うちでやってますんで、よかったら」

売り込みかよ。

内心、とてもガッカリしているところに楠木本部長がやってきて、どれどれとばかりチラシを手にとった。

「これからのハウジングは、エコとセキュリティだよねえ。とくにセキュリティは、女の一人暮らしだけでなく年寄り世帯にも必要になってくるからなあ。うちも壁材販売だけでなく、こういうサービス提供に乗り出したいんだよ」

なんなんだ、この男どもは。

ああ、ここに水の入ったグラスでもあれば、思いきり浴びせかけてやれるのに。

「そんな部署ができたら、やまもっちゃん、営業の最前線に立ってよ。そしたら、マイナスをプラスに大逆転させられるじゃない」

楠木はこれでも、力づけているつもりなんだろう。野々村は及び腰で「あの、別に押しつけてるわけじゃないんで。気が向いたら、ご検討ください」と、早口で言う。部長にプッシュされて、仕方なく話してみました、というのがありありだ。里佳子のことなんか、これっぽっちも心配していないのだ。

バッカヤロウ!!

家族以外に、里佳子のことを本気で心配してくれたり励ましたりしてくれる人が、一人もいない。

その現実に、打ちのめされる。これも、不審者事件の二次被害だ。というか、ある意味、一人暮らしの恐怖より怖い、孤独の深くて暗い穴が見える。

スマホを手に、デスクを離れた。お局ＯＬ特権で、いちいち理由を説明しなくてもお咎めはない。必要なら、メールで呼び出しがかかるだけのことだ。

里佳子はビルの外に出て、近くのカフェに行った。日当たりのいい席に座り、他にすることもないので、フェイスブックをチェックした。

二日目ともなると、不審者事件へのコメントはぐっと減少していた。だが一人だけ、コメントではなくメールをくれた旧友がいた。

高桑広務《たかくわひろむ》だ。

『犯罪者というのは自分より弱い者を狙うものだから、山元くんのように毅然《きぜん》と対処できる人だと知ったら、二度と近寄らないでしょう。むやみに怖がると心が弱くなって、逆に犯罪者を誘い込む匂いを発する危険性がある。今度来たら、すぐに通報してお縄にかけてやるべく、手ぐすね引いて待ってるぞ、という気持ちでいれば、それが一番強力なセキュリティ対策になる。だから、今までのきみのままでいいんですよ。僕はそう思います』

うわー、なんだ、これ！

里佳子は瞠目《どうもく》というか、刮目《かつもく》というか、本当に驚いた。

理性的でありながら、すごく励ましになる。

こんな男だったっけ？

大学時代、友達の友達くらいの距離で、ご飯をおごらせるだけのデート相手、つまりメッシーとして付き合っていた。そして、フェイスブックを始めて大学時代のつながりがどっと復活した中にいたときも、「ああ、いましたね」と思い出した程度で、気にもかけていなかった。

それなのに、里佳子の不審者体験に対して、もっとも親身になっての返信をくれた。

そうそう。思い返してみれば、こんな風に冷静に語るやつだった。退屈なうえに、頭のよさを自慢しているようなところが鼻について、メッシーとして便利使いするにとどまっていたのだ。

彼のほうも、それを気にする様子がなかった、と思う。よく覚えていない。とにかく、二人でいても、まったく男と女の雰囲気にならなかった。

しかし、あの頃、わたしは若かった。若いというのはバカだってことです。楽しませてくれるのが最優先ポイントで、退屈な男は真っ先にボツにしていた。

けれど、里佳子も大人になりました。男は面白きゃいいという価値観は、ゴミ箱に捨てました。てことで、大急ぎで高桑のプロフィールを見直した。バツイチの県庁職員。

そうでした、そうでした。バブルの頃に地方公務員になるという発想が、彼らしいと思ったのよね。自治体も地域振興とかってバブルに踊っていたけれど、やはり公務員はダサかった。少なくとも、里佳子の感覚ではそうだった。バカですねえ。

公務員は安定しているから不景気には人気職種だけど、給料は本当に安い。近頃では、さらに減らされているらしいし。でも、里佳子も働くから、収入面は問題じゃないわよね——って、こらこら、なんでいきなり、そっちへ行く？

でも、バツイチだもんね。シングルだもんね。

だけど、なんで離婚した？　そこ、問題よ。

とにかく、よく知り合わないと。

里佳子はいそいそと返信メールを送った。『あなたのメールで、とても救われました。この件について、もう少し話したいので、よければ食事をご一緒できないかしら？』

おごりますよ。メッシー返しをいたしましょう。と、そこまでへりくだった気分を知ってか知らずか、高桑からは『いつでも、いい時間をお知らせください』なる返信が届いた。

魚心あれば水心、でしょうか？

4

かくて金曜の夜、里佳子指定の雰囲気のいいビストロで向かい合った。

高桑の額はM字型にはげ上がり、真向かいからは見えないが、頭頂部もかなりキていると思われる。

若い頃ならいざ知らず、この年になればハゲはマイナス要素ではない。経年劣化はお互い様だ。顔立ちにちゃんと知性があれば、苦しい九一分けより、スキッとしたハゲ頭のほうが凜々しく、セクシーでもある。などと、里佳子の彼を見る目は、はなから前のめりだった。

珍しく聞き手に回る里佳子に、高桑は滔々《とうとう》と不審者事件に関する考察を語った。

県庁で地域振興をやるはずだったが、その後、福祉課に回された。そこで、いろいろなことを見た。おかげで、わかったことがある。

「劣悪な家庭環境が犯罪者を生むんだよ。生まれも育ちもいいのにシリアルキラーになる病質者もいるけど、それはレアケースでね。ほとんどは親が悪い。暴力が連鎖するんだ。愛された実感がないまま育つと、自分なんかどうせ誰にも愛されないんだと絶望する。そんな人間が、犯罪者や生活破綻者になるんだよ。そういう意味では確かに、スレスレの人間はゴロゴロしてる。だけど、九割以上の人が普通に生活していけてるだろう？　普通の生活ができず、いつもビクビク、イライラしている。それが犯罪者だ。こんな不幸はない。山元さんも、あれは自分がいかに幸福かを知る機会だったと思えば、気が楽になるんじゃないかな」

「ほんとね」

里佳子は心から言った。

そして、メッシー時代の高桑にはついぞ言わなかったことを言った。

「感心しちゃった。すごく説得力がある。高桑くんって、頭いいのね」

相手が一番言ってほしい褒め言葉を言うバブル女の技。相変わらず、有効ですねえ。高桑は照れ笑いをしてみせたが、嬉しそうだ。

「北欧ミステリが好きでね。人間性と社会の関係とか、つい分析的になって語るから、引かれるよ。昔から、そうだったよね」

おー、自覚しておったか。まあ、あの頃は、あからさまに退屈そうな顔しちゃったしな。

でも、あれって、もしかしたら、この男の寛容さに甘えてたってことじゃないだろうか。

「わたしはもう、引かないわよ。今じゃ、そういう深い話が面白いと思えるようになったもの」

「うん。その調子で、今回のことも乗り切れるんじゃないかな」

そう簡単に、まとめないでほしいわね。

里佳子はしばし口を閉じ、目を伏せてグラスに残った赤ワインを揺すってみた。

そして、上目遣いで高桑を見つめた。

「確かにそうね。自分なんか誰にも愛されないって自分で思うなんて、こんな絶望感、ないわ。わたしなら、死にたくなる」

わたしはそんなところまで落ちない。落ちてたまるもんですか。千崎ミナミのように、幸福に見せかける裏で不幸に侵食されるなんてバカな真似、わたしはしない。

わたしは愛され、守られて生きるべきなのよ。

フェロモン噴出目線なのに、高桑はカラリと笑って受け流した。

「だからさ。ちゃんと愛されて育った山元さんは、精神的に健康で強いんだよ。不審者が逃げてったことが、なによりの証拠だ。これからだって、大丈夫だよ。犯罪者というのは、ウイルスと同じなんだ。健康体だと入り込めない。だから、弱っている者を狙うんだ。そういう鼻はきくんだよ、連中は」

得々としている。

うーむ。こいつも、里佳子の身を本気で心配しているわけではないみたい。

「愛されないと、人間はダメになるってわけね。その点、あなたも精神は健康で大丈夫なんだ。大丈夫の塊って感じ？」

皮肉をぶつけたのは、なんとなく腹が立ったからだ。冷静さは冷淡につながる。

そうだった。こんな男だから、メッシー止まりにしたんだった。

「いやあ、そうでもないよ。バツイチだしさ」

「でも、今どき、それくらい普通じゃない?」

「うーん、それがね。前の奥さんがけっこう、スレスレの人でさ」

そう言う高桑の目に、今までない潤いが出現した。

なんだ、これ?

「スレスレって? あ、ごめん。立ち入ったこと、聞いちゃって」

「いいよ。別に隠すつもり、ないし。スレスレって言っても、精神的に壊れてるというんじゃないんだ。親子関係がなんというか、共依存的でね。とくに父親とのつながりが深くてさ。精神的に近親相姦《そうかん》っぽいっていうか、彼女はそのしがらみから逃れようとして、僕と結婚したわけだよ。でも、父親の存在をずっと意識してて、情緒不安定でね。だから、家庭の安らぎとは無縁の日々で、疲れちゃって」

「へー、そういうこと、あるんだ」

「そうなんだよ」

「で、もう、結婚に懲りたとか?」

「いや、それだけに落ち着いた家庭に憧れる気持ちは、大きいよ」

そこで、目が合った。

ビンゴ!

かな!?

ところで、きみのほうはどうなの？　とか訊いてくれたら、「魚心あれば水心」決定だ。だが、高桑はそこまで踏み込んでこなかった。このあと、ワインや料理の味についての分析的なトークに移って、話題はどんどん一般化していった。

そのうえ、駅まで送ってきてはくれたが「じゃあ、またね」という言葉であっさり、背を向けられた。

いろんな意味で、里佳子は傷ついた。かつてメッシー扱いした報いというところだろうか。

マンションのエントランスに近づくと、自然に緊張した。不審者がいないか、あたりを見回す。スマホを握りしめて、部屋まで早足で歩く。そして、中に入るやいなや、戸締まりを確かめる。そこまで、気を抜けなかった。

閉めたドアにもたれて、ふっと息をついた。

こんな状態がいつまで続くんだろう。もう一生、無防備になれないのだろうか。

用心深さは安全確保の第一条件だが、いつもそうあることは、里佳子の性に合わない。

それに、と、里佳子は思った。

怖いことがあったとき、わたしは抱きしめてほしい。

「怖かったね。でも、もう大丈夫だよ」

そう言って、頭を撫でてほしい。

冷静に分析してくれるのもいいけれど、何はともあれ、抱きしめてくれる。そんな「情」のある人に、そばにいてほしい。

今だって誰かに抱きしめてもらいたいと、里佳子は切実に欲した。

そばにいるから大丈夫だと安心させてくれる人がいない人生なんて、わたしは絶対にイヤだ。

生活保護受給者に落ちるのもイヤだけど、それは避けられる。今まで通りの自分で十分だ。

でも、伴侶のいる人生にするためには、どうすりゃいいのかしらねえ……。

battle 5

一人でなんでもできるから

1

ああ、二十八歳の日々もどんどん過ぎていく。なのに、何の進展もない。

本当に時間って、あっという間に過ぎていく。

観《かん》自《じ》在《ざい》菩《ぼ》薩《さつ》
行《ぎょう》深《じん》般《はん》若《にゃ》波《は》羅《ら》蜜《みっ》多《た》時《じ》
照《しょう》見《けん》五《ご》蘊《うん》皆《かい》空《くう》
度《ど》一《いっ》切《さい》苦《く》厄《やく》

ああ、画数が多い字ばっかり。

本物の毛筆ではなく細字の筆ペンだけど、薩とか羅とか蘊とか、冠の下がつぶれて真っ黒。これって、細かいところがぐちゃぐちゃで、全体として「ダメ」の一言でしかないわたしの反映みたい。

無心になるべき写経で、美結はうじうじ自己卑下のスパイラルをたどっていた。

正座で尻に敷かれた足指をもぞもぞ動かして、しびれないようにするだけでも一苦労なのに、わが手書き文字の汚さに対面させられるなんて、まさに修行です。

素人《しろうと》の写経初体験の場合、お手本を下敷きにしてそれをなぞるのが普通らしい。けれど、ここ、真言《しんごん》宗深浅《しんせん》寺では「みなさんの個性を生かしていただきたいので、ご自分の癖のついた字で書いていただいております。字の上手下手は関係ありません。書くという行為を通して、言葉が意味を持ってみなさんの脳内にフィードバックされていくと、僕は考えております」なのだ。

住職は弱冠二十六歳。美結より若い。実父でもある前住職が亡くなり跡を継いだばかりだが、かねてより寺経営に自分なりのヴィジョンを持っていたとかで、僧侶にあるまじき軽さと陽気さを振りまいている。自称も「拙僧」ではなく、「私」でもなく、「僕」だ。

なんだかなあ、と美結は思うが、一泊二日の週末旅行先にちょうどいい近距離を条件にしたせいで、選択肢が他になかった。それに、宿泊者のレビューも悪くなかった。なにより、安かった。

近頃の旅する女の間で宿坊が流行りらしく、どこも一泊一万円を超える。ここは二食ついて、八千円。そのうえ、寺のロゴ入り手拭いと『般若心経』の写経手本がプレゼントでついてくる。

いやいや、そのようなお得感は二の次三の次。なにより美結を惹《ひ》きつけたのは、悟りの境地を目指す座禅体験だ。

もっとも、座禅とは禅宗固有の呼び名で、真言宗では阿字観《あじかん》という。

「呼び方が違うだけで、目的は同じです。カテゴリーとしては、さっくり、瞑想《めいそう》とお考えください」

僕ちゃん住職はあくまで、軽やかだ。その解説するところによると、阿字観とは、大日如来を表す〈阿〉の字をイメージし、かつ〈阿〉を声に出して唱えることにより、自意識を離れ、宇宙と一体化する。

「と申しましても、すぐにそのような境地に至るわけがない。人間というのは、どうしても何か考えてしまいます。気になっていることがどんどん、浮かんでくることでしょう。いわゆる雑念ですね。しかし、それはそれで、いいのです。浮かんできたものは仕方ない。浮かぶがままに浮かばせて、ほったらかすのです。さすれば、水面に浮かぶうたかたのごとく、流れ去っていきます。苦しむのは、こだわるからです。僕はみなさまに、こだわらない、という作業が阿字観によって可能になることをお伝えしたいと思っております」

なるほどねえ。美結は頷いた。

確かに、そうだ。こだわるから、自分で自分の傷口をこねくりまわして悪化させるのだ。「こだわらない」ことこそ、わたしに必要な能力。いいこと聞いた。よーし、浮かぶがままに浮かばせて、流してやるぞ。

決意も新たに、右足を左太ももの上にのせる半跏趺坐《はんかふざ》であぐらをかいた。途中で足がしびれたら、左右を逆にしてもいいそうだ。

「たかだか二十分ですが、以前、しびれて感覚がなくなり、しばらく悶絶《もんぜつ》なさった方がいらっしゃいました。姿勢を動かしてはならないと思い込んで無理をするのも、こだわりです。瞑想が目指すのは、究極のリラクゼーションです。デトックスでもあります」

住職の笑顔はどこまでも爽やかだが、カタカナのキーワードを盛り込んだビジネストークはいかがなものか。

反発を感じた自分を、美結は素早く叱った。

いいじゃないか。えらそうに人を批判できる自分じゃないだろが。これでいいのだ。そんなことより、阿字観に集中しなきゃ。

一刻も早く自意識の呪縛から離れ、宇宙と一体化したい。

深呼吸し、低く「あー」と唱えてみた。しかし、やはり、雑念がすごいパワーで盛り上がった。

わたしは一体、なんで、こんなことをしているのか。もとをたどれば、それは……。

2

結婚式のような仰々《ぎょうぎょう》しいことはしないと断言しそうに見えたアラコなのに、なんと、綿帽子をかぶり、白地に赤く鶴が舞う打ち掛けをまとって、神社で式を挙げるという。

そりゃ、まあ、時代小説愛好家だったり、剣道を習ったり、何かとジャパネスクなアラコだから、金髪の巻き髪に着物にハイヒールという掟《おきて》破りの装いで神社に踏み込む邪道が許せないと息巻くのは当然と言えば当然だ。

かくて、古式ゆかしく厳《おごそ》かな本来の神前挙式をきっちりやることになった。

となると、列席する美結も着物で決めたくなった。で、母親に相談した。

美結が知っている限り、自分のものと言える和服は成人式のお祝いに母方の祖父母から贈ってもらった振り袖だけだ。

しかし、振り袖は着たくない。未婚女性の礼装は振り袖だが、限りなく二十九歳に近い二十八歳の身で振り袖は恥ずかしい。美結の考えでは、振り袖が似合うのは二十歳までだ。

大体、振り袖は野暮《やぼ》ったい。大人の女らしい落ち着いた雰囲気を醸し出したい。ということで、母の着物を貸してもらおうと電話で相談したら、「あんた用の礼服、ちゃんとあるわよ」と言うではないか。

喪服と色留め袖、そして訪問着。知らなかった。サプライズ。

「お友達の結婚式なら、訪問着でいいでしょう。花柄で娘らしい色だから、今のあんたくらいならちょうどいいわよ」だなんて、まあ、嬉しい！

と一瞬喜んだが、なんでわたしが知らないの!?

訊くと母は無造作に、それらが本来、美結の嫁入り支度として誂《あつら》えたものだからだと答えた。

「昔はそういうものだったのよ。二十歳を過ぎたら、いつお嫁にいってもいいように用意しておいて、家から送り出すときに持たせてやったものなの。わたしもそうしてもらったから、やったんだけどね。出番が来ないから、見せそびれちゃったのよ。風も通してないけど、乾燥剤やらなんやら入れてあるから、多分、大丈夫」

きつい当てこすりだが、母は何の気なしに言っているのだ。もともと、人が傷つくようなことを平気で口にする欠点がある。

悪気はない。だから、自分の言葉に無頓着。明るくて開けっぴろげな性格の悪いところは、そんな自分に満足し、人の気持ちに思いを馳せる必要を毛ほども感じないことだ。

こんな母だから実家に帰るたび、すこぶる明るい声でストレートに質問を飛ばしてくる。

「婚活してる?」

「先のこと、考えてる?」

美結が仏頂面で出す「ほっといて!」サインを読もうともしない。

礼服相談電話の際も、続けて、こう言った。

「で、美結はいつまで一人でいる気なの?」

詰問でも叱責でもない口調ではあったが、痛いところを突かれた美結は「イヤな言い方しないでよ」とムクれた。

「えー、そう?」

母はケロリとしたものだった。

「気持ちを聞いただけよ。だって、美結は結婚する気があるのかどうか、お母さんには全然わからないからさ」

「する気がないわけじゃないよ。でも、こういうことって巡り合わせでしょ。親にとやかく言われたくない」

「あっ、そ」

母はわかりやすくムッとしたあとで、こう言った。

「わたしはね、なにも、どうしても結婚しろって言ってるわけじゃないのよ。美結の人生だから、干渉はしたくない。ただね。やっぱり、心配なのよ。美結は昔から消極的っていうか、引っ込み思案なところがあるから、何かと出遅れてるんじゃないかと思って。一人で生きていけるタイプに見えないのに……って、こんなこと言ったら怒るだろうけど、結婚して幸せになってほしいのよ。親から見れば子供はいつまでも子供だから」

わたしだって、結婚して幸せになりたいです。それを胸の内で呟いて、美結は「わかってるよ」の一言で不機嫌に会話を終了させたのだったが。

同僚OLの結婚式用に着物を試着となると、ただではすまない。それでなくても、人と向かい合っているときに口を閉じるというのができない、おしゃべりの母だ。

この際、先手を打って「どこかにいい縁談がないかしらね」とか、笑いながら言ってみようか。

「お母さんが心配してるとおり、結婚する気はあるのに出会いのルートがなくて行き詰まってる。どうしたらいいんだろうね」と素直に言えば、母なりに頑張って縁談を探してくれるかもしれない。少なくとも、親相手に意地と見栄の盾で身構える気苦労がなくなる。

よし、それでいこうと心の準備をして、先週の土曜日、美結は実家で古びた樟脳《しょうのう》の匂いにむせながら、ピンクの訪問着に袖を通した。

案の定、母は着付けてくれながら「お祖母ちゃんに言われて、そういうものかと思って礼服の用意したときには、娘の結婚式は成人式すませたらすぐに来るものだからって聞かされたのよ。あっという間に、そういうことになるって」。

しみじみ言うのが、すごく痛い。思わず、ムクれてしまった。

「すいませんね。甲斐性のない娘で」

憎まれ口を返した。これで、素直に結婚願望を打ち明ける道が閉ざされてしまった。

口惜しいので、兄に言及してやる。

「けど、長男がああいう事になっているのも、思ってたのと違うんじゃない？」

三十一歳に限りなく近い三十歳にもなって自宅で親と同居する兄は、世間一般の目から見れば、ものすごく気持ち悪いやつなのだ。三十近くなっても結婚のケの字もない娘より、そっちのほうが問題だって、わかってる？

「だから、子育ては難しいのよ」

今度は母がムクれた。

「でも、お兄ちゃんはああ見えて、町内会の行事とか出てくれるのよ。若手がいないから、理事をやってくれって頼まれてるんだから。本人もやる気になってて、この間なんか、町内会長さんに地域の期待の星だって言われたんだから」

大体、母は昔から兄びいきなのだ。美結には無神経に結婚プレッシャーをかけるくせに、同じく未婚の兄に対しては、ちょっと気を遣って口出しを控えている様子。というか、いい年をして家を出ていかない甘ったれを大目に見ているところが、美結には理解できない。

普通に見えるけど、うちの母はもしかしたら「息子を溺愛し、独占したがる、アブない母親」なのではないか？

実際、美結はその疑惑を、そのまま口に出してやったことがあるのだ。すると母は「美結は、ものの感じ方がドラマチック過ぎる」と反撃してきた。

「子供が三十過ぎても親と同居してる家は、うちだけじゃないわよ。美結だって、いたけりゃいても、わたしは何にも言わなかった。独立したのは、あんたが決めたことじゃない」

それを言われりゃ、黙るしかないけどね。

でも、美結の気持ちを尊重しているというなら、結婚関連の話題を持ち出すにしても、少しは気を遣ってほしい。「消極的だから心配」なんて半人前扱いされたら、傷つくよ。娘は母親にとって自分の分身だとよく言うけど、これだけ長く付き合ってるんだから、性格も考え方も違うことに気付いてほしい。

この訪問着だって、そうだ。

ローズピンクの地に薄いピンクで桜の花が描かれている。これは母の趣味だ。どうせなら、自分で選ばせてほしかった。美結はクリーム色がかったほうが好みで、こういうべたべたピンクは、嫌いだ。

そのことをちょろっと言うと、母の答えは「べたべたピンクなんて言わないでよ。撫《なでし》子《こ》色というのよ。なでしこジャパン色よ」。

美結の不満への答えになってない。娘の言うことなんか、全然聞いてない証拠だ。

ああ、悲しい。

とかなんとかブーたれつつも、やはり、和装は気分があらたまる。

帯の形を整えていた母が「ほら、似合う。きれいよ」と、美結の肩越しに言った。鏡を見ると、確かに悪くない。

そのうえ、父が廊下から顔をのぞかせて「なかなか、いいじゃないか」と声をかけた。そして、すぐに姿を消した。

「お父さんたら、照れちゃって」

母はクスクス笑った。

「通りすがりです、みたいな顔してるけど、あれ、わざわざ見に来たのよ。やっぱり、父親ねえ」

お父さんが褒めた。

美結はこみ上げるくすぐったい嬉しさを、とがらせた唇で封じた。

でも、きっと、本当に、少しはきれいなのよね、わたし。

友達の結婚式というのは出会いの場でもある。だから、みんな着飾っていくのだ。

ほんとに出会いがあれば、いいなあ。つい、期待してしまう。

けれど、期待が湧き起こると同時に、失望に備える悪い想像がポップアップするのも、美結の癖である。

だって、今までずっと、そうだったから。知り合いの結婚式で誰かと出会ったなんてうまい話は、一度たりともなかった。同年代の男がごろごろいたが、いいのは人にとられたし……。

でも、何はともあれ、きれいと言われた喜びまで帳消しにすることはない。嬉し恥ずかしでデレデレしていたところに兄が通りかかり（彼はわざとではなく、本当に通りかかったのだ）、冷水をぶっかけた。

「おまえ、着付け覚えたほうがいいぞ。これから、人の結婚式に出る機会ばっかりだろうから、そのたびに家まで来てやってもらうんじゃ、母さんの身が持たない」

母は軽く受けて、「あら、お兄ちゃん、いいこと言った」だとさ。

「そう難しいことじゃないんだから、この際、覚えておくのもいいかもね。ちょっと練習してみようか」

あのね。着付けの練習をするのは、いいことだと思います。けど、言い方というものがあるでしょうよ。この場合、母は兄を「そんなこと言うもんじゃないでしょう」と、たしなめるべきなのだ。あー、ムカつく！

家族相手に我慢するつもりはない。憤然と帯締めに手をかけ、乱暴にほどいた。そして、帯、腰紐《こしひも》、訪問着、長襦袢《ながじゅばん》と次々、畳に落としては足で蹴り飛ばした。着るのは手間がかかるけど、脱ぐのは簡単だ。

「あらあら、ちょっと。こういうものは大事に扱わないと」

母は含み笑いの残る声で、脱ぎ散らかした着物をたたみ直している。

美結は構わず、下着姿の上にパーカを羽織り、ジーンズをはいて、足音荒く自室に戻った。

独立した日から、この部屋は何も変わっていない。カラーボックスもベッドも机も、そのままだ。でも、得体の知れない段ボール箱が見るたびに増殖している。物置代わりにしてるんだ。わたしの居場所はもう、この家にはないってことなんだ。

ベッドにあおむけになり、いっそ泣こうか、涙で思い知らせてやるしかないかもと、涙腺に念を送っていたら、母がやってきた。

トトンがトンとふざけた調子でノックして、返事も待たずにドアを開けるや「何、ふくれてるの」。

からかうように小首をかしげる。

とぼけてるの？　それとも、本当にわからないの？　だったら、無神経にもほどがある。

わざとらしく無視してやると、母は床にぺたりと腰を下ろしてベッドにもたれた。

「お兄ちゃんの言ったこと、グサッと来たんだ」

笑いながら、言う。あら、まんざら、何もわかってない訳じゃないんだ。

「ほんとにあんたたちって、小さいときから顔合わせると喧嘩ね。でも、さっきのは褒めるのが照れくさいから、あんな言い方になっただけよ」

そう割り切れたら、どんなにいいか。

だが、兄の言葉は美結の一番痛いところを思い切り突いたのだ。

「お兄ちゃんも本当は美結のこと、心配してるのよ。あいつは一人で大丈夫かなって、この間も言ってたもの」

「……大丈夫よ」

正直に言えば、大丈夫っぽいのだ。でも、「ぽい」は「ぽい」に過ぎない。本当にそうかは、わからない。

一人でも生きていける。生活という点では、なんとかやっていける。別に困らない。少なくとも、誰かがそばにいないと生きていけない、というタイプではない。

ただ、それではいけないような気がするのだ。

大事なものに気付かないままで終わってしまいそうな。何かを見逃しているような。

このままでは、自分の人生がもったいない感じ？

でも、こんなこと、親には言えない。ちゃんと説明できるようなことじゃないし、本当にそう思っているのかも、はっきりしていないのだ。

人との関わりあいの中で生きていきたい。誰かに必要とされる自分でいたい。その方法が、結婚して家庭を持つことだと思うのだ。だから、結婚したい。

けれど、「親の期待とか、周囲の友達がどんどん結婚していくことで感じる劣等感とかのプレッシャーに負けて結婚して、いいのか?」と激しく反発する自分がいるのだ。

消極的な美結。そうなるのは、用心深いから。臆病だから。弱虫だから。自分でも、そう思っていた。

でも、強情っぱりでもあるのだ。負けず嫌いで、上から目線で何か言われるのが大嫌いで、抑えつけられると猛烈に腹が立つ。

可愛い女の子がやれないのは、ペット扱いで見下されることに耐えられないからだ。可愛く見せることで実は支配する側に立つ、それは賢《かしこ》い方法と頭で理解できても、実際に支配者然としたいい気な顔をされると、猛烈に反発したくなる。

我が強い。

つまり、本音では自分が支配者でありたい。

そうなんじゃないかな。

その予感が、怖い。

人と関わりあって生きたいと言いながら、実は人を支配したいわがまま女なのか、自分？

その結論は、イヤだ。そんな自分だと認めたくない。

結婚願望を突き詰めると（突き詰めるなよ）、こんな自問自答が始まってしまう。で、気がついたら宿坊で瞑想。そして、宇宙と一体化するはずが、なんで自分はこんなことをしているのか、一人反省会を始める始末。

あ、もしかしたら、これが雑念にとらわれるってこと？　それとも、浮かぶがままにしてるってこと？　これでいいの？

おっと、浮かぶがままにしておいたら、別のものが浮かんだ。

3

バブル山元が近頃、出会いがあった、もしくはチャンスメイクに余念なしの気配を振りまいている。

スマホが着信を知らせると、そそくさと廊下に出る。以前ならその後、誰が何を言ってきたか、訊かれもしないのに発表していたが、今はそのまま黙っている。でも、ニヤニヤしっぱなしで「これからデート」と顔に書いてある。もしかしたら、訊いてほしいのかもしれない。だからあえて、美結たちは知らんぷりをする。

大きく変わったのは、メイクや服装の雰囲気だ。派手派手しさが影をひそめ、控えめ風にモデルチェンジ。あのバブル女が強気の姿勢を見かけだけでも隠そうとしているところに、すごく「本気」を感じる。

バブル山元の家に不審者が現れるという事件があり、女の一人暮らしの危険性が浮き彫りになったのが影響している模様。

美結も、一人暮らし当初は緊張した。だが、すぐに何も起こらない現実に馴らされて、ひたすら楽であることを享受した（家賃を払うたびに財布は泣いたが）。しかし、やはり危険はあるのだ。そこに気付かされた。加えて、アラコは結婚するからその点は大丈夫と遙佳が言ったことから、結婚のメリットが全員に印象づけられた感がある。

美結が思うに、バブル山元が狙っているのは結婚のための結婚だ。この人と暮らしたい、みたいな望みとは関係なく、とにかく脱シングルを目指しての結婚。安全保障も含めた社会的メリットの大きい結婚。

でも、美結は結婚のための結婚ならむしろ、しないほうがましだと思う。

こんなことを言うのは恥ずかしいから表には出さないが、美結はソウルメイトに憧れている。実は考え方がスピリチュアル寄りで、こっそり、そっち系の本を読んだり、パワースポットに行ったりしている。

解脱したい、とかも思ってるし。

なにしろ、自分がうるさくてかなわない。ああでなきゃ、とか、これはだめでしょとか、すっごく自分に対して批判的。それでいて、誰かに傷つけられると自分を守るのに脳細胞総動員でワイワイ大騒ぎしながら、ちっとも救われない。

自分突っ込みが止まらないのは、一人だからだ。話し相手も自分。自分の一挙手一投足に注目し、検討し、なんだかんだ言うのも自分だけ。だから、堂々巡りばかりしている。

袋小路を抜け出すには、出口はこっちと教えてくれる誰かが必要。

その誰かとなら、きっと深いところまで話し合える。楽しく、かつ有意義に。そうすれば、自分へのこだわりが減少して、自分にも他人にも地球にも優しくなれる。

わたしは人間嫌いじゃない。自分一人じゃ、救われないし、癒やされないし、幸せになれないと知っている。

かといって、誰かに幸せにしてもらいたいなんて願ってない。依存はしないつもり。ただ、そう、ベターハーフの存在を信じたい。

相手構わず、結婚のための結婚をすると、あとになるほど寂しいことになる。

両親がその見本だ。

この間、実家で着物がらみでムクれた美結をなだめに来た母が、こんな自分語りをした。

「なんか、この頃、やたらとお父さんに腹が立つのよ」

「更年期だからでしょう」

そんな愚痴は聞きたくない。美結はぶっきらぼうに受け流した。

「更年期はもう明けたのよ。だから、これは正味のイライラ。お父さんって、昔から家族に無関心じゃない？　でも、年取ったら、夫婦で向き合う時間だけになるんだもの。もうちょっと、なんとかならないかと思ってさ」

「もうちょっと、なんとかって」

美結は苦笑してやった。

「長いこと夫婦やってて、お父さんの性格わかってるでしょう」

確かに父は、家族に対する熱が低い。

だからといって、冷たい人ではない。テレビで落語なんかやっているのを見ているときは、よく笑うし。さっき、着物姿を褒めたように優しいことを言ってくれることも（ものすごくレアだが）ある。

ただ、なんというか、淡々としている。というより、ぼんやりしている。植物的というのかなあ。全然、アクティブではない。

両親は母が勤めていた会社の上司の紹介で、お見合いをした。お見合いがスタンダードであるうえ、二十五歳が適齢期の時代だったから、一発回答で決めた。

「お父さんは飄々《ひょうひょう》としているのがかっこよく見えてさ。この人となら、ずっと一緒にいられると思った」なる馴れ初め話は、耳タコだ。

ビートルズ・ファンという共通点もあった。洋楽の話題なら、盛り上がれた。楽しく過ごせそうだったから結婚した、のだそうだ。

「そりゃ、わたしだって、ビートルズ好きにかけちゃ、誰にも負けなかった。昔はね。でも、あの頃はあの頃。夢中になれたのは少女だったから。あんな風にはもうなれないよ、お父さんみたいに、今でもCD聴いて半日過ごすなんて、できないわ。二人で旅行しようと持ちかけても、行きたいところが一致しないから、結局お流れ」

母はお祭り好きで、さっぽろ雪まつりとか博多どんたくとか阿波踊りなどの有名どころはもちろん、年に一度の秘仏ご開帳とかルーブル美術館特別展とか、非日常の場所に行きたがる。

一方、父は人だかりが嫌いで、どうせなら物好きしか行かないような閑散とした場所でボーッとしていたいと言う。そもそも、旅行会社のツアーが大嫌い。スケジュールが分刻みで決められており、土産物店での滞在時間が一番長いみたいなのは勘弁してほしいそうだ。

「わかるけどさ、一度くらい女房孝行をしてやろうとか思わないかしらね」

「今の仕事から解放されたら、そうするつもりなんじゃない？　前から、旅人になるって言ってるじゃない」

「あの人はね、一人旅がしたいのよ。でも、わたしは今、まさに今、一緒に旅行したい。無性に、そうしたい。更年期過ぎたら、もう人生終盤戦よ。平均年齢からすると残り時間が、あと二十年ある。でも、一年もないかもしれない。東日本大震災みたいなことがあるんだから。いつ死んでもいいように、自分の人生、しっかり味わいたいのよ。それなのにお父さんは、そんなわたしの気持ち、ちっともわかってくれない」

「お母さんって、自分のことばっかりなんだね」

思ったことを口に出してやった。人の気持ちを斟酌《しんしゃく》しない母には、歯に衣着せぬ物言いをしてやるほうがいいのだ。母は全然、傷つきやすくないのだから。その証拠に、元気いっぱいで反論してくる。

「だって、自分の人生よ。自分でなんとかしないと、どうにもならないじゃない」

正論です。けどね。人を自分の思い通りに動かそうとしてませんか？　お母さん、それって、わがままですよ。わかってくれない、なんて、お父さんのこと責めるのは、傲慢なんじゃありませんか？　これは心の中で言う。

その間、母が言いたいことを全部吐き出している。

「団塊以降って、わりとマイホームパパが多いのよ。わたしの友達だって、旦那が何かと一緒にやりたがってうっとうしいっていう人のほうが多数派だもの。そんな友達に言わせたら、うちのお父さんみたいなのが羨ましいって。でも、ここまで遠ざけられるのは、寂しいわよ」

「お母さん、そういうこと、同世代の人と話してよ。わたしにそんなこと言われても、何も言えないよ」

「話してるわよ。だから、なんとかできるうちになんとかしなきゃって思うようになったんだから」

母は寂しい笑顔を作った。

「お父さんと、しみじみ話したいのよ。お兄ちゃんだって、お嫁さんもらったら、そっちを大事にするようになるでしょ」

「そうでなきゃ、ダメでしょう。いつまでも母親べったりだったら、見向きもされないよ」

「そうよね。わたしもそれは、気になってる」

お、そうだったの？

やっと、わが家のバカ息子は問題だと目覚めたか。

ほくほくしていると、母は憂鬱そうに続けた。

「なんか、母一人子一人で、介護生活になったら苦しくなって、母親殺して自分は自殺の無理心中って、息子たちばかりなのよね」

なんだ、そっちの心配か。あくまで、自分の都合なんだよな、この人って。

「まあ、そんなことにはならないと思うけどさ」

笑い飛ばす母に、意地悪をしてやりたくなった。

「そうよね。お兄ちゃんは、お母さんが要介護状態になったらさっさと施設を探すとか、わたしに泣きを入れるとか、責任逃れの方向に走るんじゃない？」

母は一瞬口を閉じたが、すぐに「とにかくさ」と、マイ・テーマに話を戻した。

「晩年は夫婦二人だけの暮らしになるんだから、お父さんと仲良くなっておきたいのよ」

「だから、話し合えばいいじゃない。お父さん、話し合いを拒否するわけじゃないでしょう」

「拒否はしないけど、聞く耳持ってないもの。無視よ、無視。ああ、昔っからこういう人だったなと思うんだけど、このまま年取ってくのは、やっぱり、寂しいわよ」

聞く耳持ってないの部分、そのままお返しします。とか、反発しながらも「それ、やっぱり、更年期の一時的現象だと思うよ。十年くらい続くっていうじゃない。まだ明けてないんだよ、お母さんは」。

結局は慰めているわたしって、なんて健気。けど、疲れる。お母さんって、疲れる人。

一緒に旅行したくない父の気持ちが、わかる。

結局、母の愚痴で美結の怒りはなしくずしに消滅させられた。あのあと、美結は父の部屋をのぞいてみた。

本棚とオーディオ機器とノートパソコンがあるだけの狭くて薄暗い部屋で、老眼鏡をかけた父はくたびれた座椅子に身体を預けて、うたた寝していた。低く、ビートルズが流れていた。膝の上にページを開いた状態で伏せてあるのは、手塚治虫《てづかおさむ》『火の鳥』デラックス版だ。

そうだ。これも、父に借りて全巻読んだ。父は手塚ファンでもあり、全作品揃えている。昔のディズニーアニメも好きで、『ファンタジア』や『ダンボ』や『ピノキオ』『ピーター・パン』など、ＤＶＤで持っている。小さい頃には、ビデオ版で見せてもらった。『ピノキオ』の挿入歌「星に願いを」は、美結の愛唱歌の一つだ。

美結のその他の愛唱歌は、ほとんどビートルズだ。小室哲哉《こむろてつや》とかドリカムとか、同世代ご用達のヒット曲は右から左に抜けていくだけ。いつまでも口ずさむのは、父と歌ったオールディーズばかり。

けれど、自分がファザコンだとは、思いたくない。

父の影響で知ったビートルズやつげ義春《よしはる》なんかが、しっくりくる。それは、自分が生まれつき、そういう風にできているからだと思う。だからといって、サブカル系をあえて主張する気にはなれない。声高に言うことじゃない、と思うんだよね。

好みを主張するなんて恥ずかしいと思って、抑制する癖がついている。恥ずかしいと思うこと自体、自意識過剰で恥ずかしいんだけど。

一番困るのは、「人にどう思われようが構わない」の境地に至ってないことだ。

実は、人目が気になる。だからといって、人目に合わせようとはみじんも思わないけど、どう思われてるかは、わりと気に病む。

その結果、「どう思われたいか」のイメージまで生まれてしまった。

柳に風みたいにおおらかで何も気にしなくて、一緒にいてなんとなく楽しい人……。

そうありたいし、そう言われたいし、そんな人に出会いたい。

他人の言動、世間の口、そういうものをすぐに気にする自分に、嫌気が差しているんだなあ。つまり、自信がないんだ。自分を信じてないんだ。愛してないんだ。愛されてないから……。

あーあ、寂しい。

お母さんはお父さんがいるだけ、ましよ。誰もいない寂しさには、底がないんだから……。

4

阿字観のさなかに、あのとき感じた寂しさと虚しさが生々しくよみがえる。それだけではない。

実家で、母の手料理の夕食を囲んで、いっこうに楽しくない会話をお義理で交わした後、一人暮らしの小さな我が家に戻った途端、ほっとした。ああ、一人って楽だな、と心底思った。

思っちゃったんだよ！

ついでに思い出したけど、一人暮らしを始めて間もないとき、出来心で買った高さ百七十五センチ、重さ五十キロ弱のマルチシェルフも一人で組み立ててしまったんだった！

危ないから一人でやらないようにとわざわざ注意書きがあったのに、ちょっとやってみようかなと電動工具（大体、なんで、こんな物、周到に持ってるのよ）を構えて、始めたからには終わらせたくなって、できちゃって、横倒しのままだとリビングに足の踏み場がなくなるから、夜中にうんうん言いながら持ち上げて、立たせた！

えいやと壁に押しつけたら、シェルフは自分の重みでしっかり自立した。それから、脚立に乗って転倒防止の金具までつけた。翌日、激しい筋肉痛で死ぬかと思ったけど、湿布貼りまくったら、いつのまにか治ってた。

で、シェルフに物を並べるとき、鼻歌が出た。楽しかった。達成感も半端なかった。

「一人で、できちゃいましたよ。いいのか、これで？」なんて、自分に突っ込み入れて。「いいんじゃやない？」と、自分で答えて。そのあと、お祝いに缶ビールで一人乾杯。

翌日も、嬉しかった。シェルフを見て、ニマニマした。

ダメ、ダメ、ダメ！　二十八歳、もうすぐ二十九歳で、そんな風に自己満足でまとまっちゃ、ダメだってば！

好きな人がちゃんといるだろ？

て、うー、またしても別の雑念が。雑念というより、邪念だね、これは。

つい、この間、野々村開とランチをした。ちょうど来社していた彼とエレベーターで乗り合わせたとき、向こうから誘ってきたのだ。前代未聞。

美結はあたふたしているのを悟られまいと、平気を装うのに必死。

「あ、いいよ。じゃ、どこ、行く？　ていうか、何食べる？」

早口でまくし立てた。ダメじゃん。舞い上がってるのがバレバレだよ。

だが、開は「うーん、どこでもいいよ。才川さん、決めて」と、美結の意思を尊重の姿勢。

いやー、そんな、そんな。いきなり言われても、対応できません。

「野々村さんはいつも、どこに行くの？」

「そば屋。天せいろ定食で、天ぷらとざるそばと小鉢がセットで八百円ていうのが定番」

「あ、それ、いいな」

「いいの？」

開が少し嬉しそうな顔をした。

いいです、いいです。あなたとならば、マクドナルドでもコンビニ弁当でもザザ虫丼でも、わたしはご一緒いたします。

先に立って歩く開の後を、フワフワとついていく。このまま、どこまでも行きましょう。てな気分だが、そば屋にすぐにたどり着いた。

状況は、芳しくなかった。まず、相席。そのうえ、混んでいるからゆっくりできない。かてて加えて、開は食べるのが早い。美結も合わせなくてはいけなかったから、あっという間に終わってしまった。この間、会話なし。

「あ、そうだ。話があるんだった」

あわただしい支払いが済んでから、開が言った。

「どこかでコーヒー、いい？」

よろしゅうございますとも。ニッコリ笑って頷いた。もう、夢心地。ヤッホー。カップル経験値が低いと、この程度で内心大騒ぎだ。

で、またしても開主導で行ったのがスタバ。ほぼ満席。開はキャラメルマキアートのグランデ。美結はカフェモカトール。開が払ってくれた。ヤッホッホー。

小さなテーブルで向かい合うや、開は切り出した。

「荒井さんの結婚のことなんだけど」

「ええ」

なに、なに！　気持ちはぶっ倒れそうなほど前のめり。

「うちみたいな取引先という立場だと、お祝いって、どうしたらいいのかな。おめでたいことだから有志の連名で出そうかってことになってるんだけど、差し出がましいという意見もあってね。お返しを送らなきゃいけないから、かえって面倒かけることになると言う女子もいて、ちょっと悩んじゃって。他の取引先はどうしてるか、教えてもらおうと思って」

あ、そ。それが、ランチに誘った理由ね。ふん。美結は一気に、ひねくれた。

どうせ、そんなことでしょうよ。

いや、ここでムクれてはいけない。ＯＬの中でも気の置けない美結だから相談できると、開は思ったのだ。遙佳やバブル山元ではなく、開は美結を選んだのだ。エレベーターに偶然乗り合わせた、それだけのことだとしても。

美結は気を取り直して、感じよく振る舞うことを自分に命じた。

「それこそ、そちらの気持ち次第なんじゃない？　アラコと特に仲良くしてた人は式に出るし、そうでもない人はおめでとうメールだけですませてるよ」

わざと、ぞんざいな口調をとった。同世代感をアピールするためだ。

「そっかあ。特に仲良くしてたわけじゃないけど、僕らの間で荒井さん、人気があったからさ。式に出るのはちょっとアレだけど、何もなしというのも面白くないっていうか」

あ、そう。人気があったのか。まあ、そうでしょうね。アラコは魅力があるもの。だから、いち早く結婚も決まったんだし。

で、わたしのことは、どう思ってるのだ⁉

と、胸ぐらつかんで問い詰めたい焦りを、美結は抑えた。

「だったら、一人二千円以内の負担にならない額を集めて、何かプレゼントするのでいいんじゃない？　夫婦茶碗《めおとぢゃわん》とか」

「夫婦茶碗」

何の気なしに言った言葉に、開が反応した。

「それ、いいね。お金より物のほうが、僕らも楽しいし」

おー、いい反応だ。夫婦茶碗がいいと思う感受性、好きです……。

「いいこと聞いた。ありがと。じゃ、もう出よう」

おっと、夫婦茶碗探しを手伝ってほしいとか、思わない？　思わないのか。じゃあ、えい、歩きながら軽口のふりして言っちゃおう。

「野々村さんが結婚するときは、何が欲しい？」

うー、こういう遠回りも恥ずかしいぜ。

「うーん。そのときになってみないと、わからないなあ」

そのときって、近々そうなるみたいに聞こえるんだけど」

「なんか、そのときって……。

普通の声で言えた。というか、声が無表情。これは美結のデフォルトだ。可愛くないのが無念だが、とにかく、核心に触れる質問ができたぞ。

開は「近々じゃないけど」と、微妙に言葉尻を濁した。

「うちは親がいろいろ画策してるから、もう、そっちに任せようかなとも思ってる」

なんだ、それは⁉

「画策って、政略結婚が必要なご一族とか?」

冗談コーティングで質問を飛ばしたが、ほんと、意味がわからない。結婚を画策する親って、子供の人生を支配するタイプってことか? それは、いかんぞ。

「いやいや」

開は笑って、手を振った。

「僕は女の人との付き合いが下手で合コンなんかも苦手だから、それじゃあって、親が婚活に乗り出そうかって言い出したんだよ。それで、じゃ、頼むわって答えた」

待って、脳内再生するから。えと、付き合いが下手で、合コンが苦手。わたしと同じじゃないか。やっぱり、似たもの同士だよ。

でも、だからって親に任せてって、それは。うーん。どう考えるべきか、美結は思わず真剣に考え込んだ。その様子をどう受け止めたか、開は「親が婚活するとか言うと、ほんと、ダメ男って感じだよね」と苦笑した。

「うち、在宅介護してたお祖母ちゃんが去年死んでから、なんか、両親とも気が抜けて、心が折れたって感じなんだよね。それを心配した親戚が、孫の顔を見せてやるのが一番だって言い出したんだよ。その流れで、じゃあ、婚活しようかってぽろっと言ったら、なんだか親も元気になった感じで」

開はうつむいて、苦笑いを続けた。

「結婚したいと思うような相手がいないだけで、結婚する気がないわけじゃない。ていうか、結婚はしたほうがいいと思ってる。だから、婚活サイトをチェックしたことあるけど、いろいろな女の人見てると、誰がいいかわからなくなってくるんだよ。連絡して、デートしてみたいな段取りがめんどくさくて、結局、登録せずで今に至るから、親に持ちかけられた見合いのほうが取り組みやすいかなと思ってさ。ハハハだろ」

開は顔を上げて、空笑いをしてみせた。

「ダメ男決定。笑ってやってください」

ペコリと頭を下げた。

「いえいえ、親孝行な息子さんだと感心しております」

美結もふざけて、丁寧に頭を下げた。それで二人で笑顔になり、それぞれのオフィスに戻った。

会話の中で心に刺さったのは、あの一言だ。

結婚しようと思うような相手がいない。

わたしのことは、目に入ってないのだ。それだけは、はっきりした。

どうせ冗談で言葉を返すなら、「誰だっていいのなら、わたしなんか、どうですか?」くらい言ってもよかったのだ。

いや、ダメだな。そうしたら、本当に冗談になってしまう。

それに、そんな売り込み方はしたくない。誰でもいいならわたしにして、なんて、そんなの……。

ちゃんと、わたしを見てほしい。そうじゃないのなら……。

開との会話で、惨めになった。
開に自分への気持ちがないこと。それに、あまりにも自分の意思というものを感じさせない開への失望が加わった。好意を抱く相手にガッカリさせられると、悲しさより惨めさが湧き上がる。悪いのは彼ではなく、見込み違いをした自分だからかな……。
でも、惨めなままでいるのは、口惜しい。一刻も早く、立ち直りたい。そのためには
——旅に出よう。

そう思った。思いながらも、それって恥ずかしいぜと、自分突っ込みしたけどね。

傷を癒やしたいとか、突破口を求めてとか、そういう動機で「旅に出よう」なんて、あまりに子供っぽいロマンチシズム。というか、古くさい。

でも、一人旅は好きだった。学生の頃、青春18きっぷで鈍行に乗り、気の向いた場所で降りては宿を探して、観光客と縁のないローカルな定食屋で食事して、居酒屋で一人飲みして、地元のスーパーで変哲もない食材買って、電車で乗り合わせた中学生たちのなまりのあるおしゃべりに耳を傾け……。

何か大きく自分を変える経験ができたかというと、そんなことはなかった。皆無。でも、何もしないでいるよりはまし。それは確かだった。あれはあれで、楽しかった。充実したような気がした。現実逃避とも思わなかった。

純粋に趣味だったのだ。

でも、惨めさを振り払いたい今の美結は、旅に充実を求めている。セルフ充実で、心の穴を埋めたい。

充実したい。リアルでもファンタジーでもヴァーチャルでもいいから。でも、できたらリア充、お願いします。

その心で検索した旅先が、宿坊だった。

旅行先をどうしようか、迷いつつスマホで検索していたら、「女性限定の宿坊でプチ修行の週末を過ごしませんか」なる呼びかけにぶち当たったのだ。

若い住職がホームページを作り、ブログを書き、ツイッターをやり、自分の代で古い宿坊をリニューアル。WiFi環境まで整備して、煩悩に悩む若い人々に真言《しんごん》を伝えたいと一念発起（これも仏教用語ですぞ）したのだという。

「修行」の一言に、「これ、かも」と心が動いた。

世界一の人気者でいることに疲れて、インドで精神修養を図ったビートルズのひそみにならった、と言えなくもない。

5

働く女性のための週末修行のスケジュールは、土曜の夕方から日曜の昼までとなっていた。夕食と朝食込みで、朝のお勤め参加は自由、写経と阿字観は修行体験として全員参加。その写経をお土産に、昼前に解散というコースだ。個室だが、風呂とトイレは共同とある。

早速、オンラインで宿泊予約を取った。

そして、電車とバスを乗り継いで、土曜の夕方、到着。近郊とはいえ、小高い丘の上にある山寺で、そこに至るまでの道のりは「不便」と言うほかない。

休耕地が目立つ中に立派な瓦屋根の住宅が散在する中途半端な田園地帯で、電車駅との間を往復するバスは一時間に一本しかない。それに乗りそびれると、時間をつぶそうにもコンビニはもちろん、喫茶店もファミレスもラーメン屋もない陸の孤島だ。

そのため、都合がつけば住職が車で迎えに行くと、ホームページには書いてあった。ただし、すぐに応じられない場合もあることをお含みおきいただいて、なるべく、時間管理は個人の裁量で調整していただきたいと、小坊主がぺこりと頭を下げるアニメ付きの但し書きがついていた。

都会で働いていると、電車で二時間の距離にこれほどの「田舎」があることを想像もしない。

都会の生活に慣れてしまうと、「田舎」と「異文化の地」は同義語だ。

「遠くまで来た」感があり、それだけで美結は軽い満足感を覚えた。

宿泊メイトである四人の女性と住職を囲んでの挨拶を兼ねたミーティングの後、寺の小さな境内を散策。その後、それぞれの部屋に戻って荷物をほどいたのだが、個室というのは実は大広間を襖で何室かに仕切っただけというのがすぐにわかった。

いかにも旅慣れた一人の客の発案で、襖をはずして雑魚寝《ざこね》することにした。

「いいわよね、大人の修学旅行なんだし」の一言に、みんな賛成した。

類は友を呼ぶというのか、「宿坊にプライバシーを求めるのは変でしょ」的感覚が一致して、その点でも美結は楽しくなった。

精進料理を食べて、代わりばんこに入浴。就寝時間は一応九時と決まっていたが、消灯後もいろいろ話し込んだ。年齢は誰も明かさず訊きもしなかったが、二十代から四十代くらいと見てとれた。

雑魚寝をしようと提案した三十代くらいが、一番よくしゃべった。

彼女は宿坊マニアで「掃除は修行の第一歩だから、こういうところはさびれたビジネスホテルなんかより、ずっときれいよ。食事もおいしいし」と、熱く語った。確かに、照明こそ薄暗いものの、トイレは温水洗浄式だし、タイル貼りの風呂もピカピカだった。

でも、美結が一番嬉しかったのは、誰もスマホをいじらないことだった。

寺にはＷｉＦｉ環境がある。だが、パジャマであぐらをかいたり、ストレッチをしたりしながら、話題がそれからそれへと飛び散り、広がっていく本物の会話で盛り上がった。

こうでなくちゃ。

スマホは人間関係をスポイルする。怖いのは、持ったが最後、取り憑《つ》かれてしまうことだ。

情報を検索したり、チャットしたり、ツイートしたりだけでなく、畑作りも釣りも動物の飼育も町作りも、なんでもヴァーチャルでできる。手を汚さず、想定外の出来事に邪魔されることもなく、電子脳内だけで何かを達成する。

電車の中でも、カフェで友達と向かい合っていても、歩いているときも、みんなスマホをいじっている。一時でも目を離すと、自分自身が電源オフになるみたいに、スマホに縛り付けられている。

まるで、見るべき事柄から目をそらすよう操作されているみたいで、気持ち悪い。

そう思いつつ、スマホがあればタップせずにはいられない自分がいるのだ。

どこにいようと、スマホを見てしまう。そして、つながってないとイラッとする。そんな自分がイヤだった。

この山寺に来る道すがら、スマホは要所要所で圏外死した。だから、車窓に目を注いだ。気持ちよかった。物理的に、目が休まった。

いつの間にか、オンライン生活にどっぷりはまって、リアルを見る習慣をなくしてしまっていたな。

やだ、やだ。すっかり、毒されてる。

寺に着くと、スマホは安定動作に落ち着いた。だが、美結はあえて電源を切った。

ヴァーチャル世界とは縁切りよ。人間らしい自分を取り戻すのよ。

邪念を振り払い、煩悩《ぼんのう》を脱却し、自分をクリーンアップするのよ。

翌日の朝、六時に起きて朝のお勤めに参加。法話を聞いて、朝食をいただいた後、三十分の阿字観、そして写経。

阿字観では、浮かんだ雑念にまとわりつかれて、流すどころか、まみれてしまった。そのうえ、写経でうまく書けないことに落ち込んだが、庭に目をやれば、手入れの行き届いた草木の緑が目にしみる。慢性的な疲れ目が少しはましになった。

なんだか、空気がおいしく感じられる、この感じ、そう「清々《すがすが》しい」だ。こんな感覚、言葉もろとも忘れていた。

けど、帰りのバスとターミナル駅まで一緒だった宿泊メイトとメアドの交換をして、一人になった途端にスマホをオンにしてしまったよ。

やれやれ。

それでも、少しは気分が変わった。楽しかったし、勉強になった。『般若心経』の意味も教えてもらったし、雑念は浮かぶに任せて、ほっとけばいい、そしたら流れて消えると知った。元は取った。

月曜日、お土産を三時のお茶請けに配った。

住職が地域の和菓子屋に「精進《しょうじん》っぽい土産菓子」を作ってくれとかけあって生まれた、甘さ控えめのうえ一口サイズのところがヘルシーなごま団子である。そのとき、どこに行ったのか説明をした。宿坊と聞くと、「へえ、どうだった?」と大半が好意的に訊いてくれる。

「面白かったですよ。阿字観っていう座禅みたいなことをして、写経して、法話もなるほどって感じで、ためになりました。精進料理もおいしかったです。それが一番の目当てだったりしたんですけどね」

明るく笑いをとってみせたが、バブル山元の反応は違った。

「ためになったってことは、少しはステップアップできたのね」

明らかに、からかい口調だ。

「ええ、まあ、それなりに」

口惜しいので、さらっと答えてやった。

「ふーん」

山元（もはや呼び捨てにしてやる！）はごま団子を指先で弄《もてあそ》びつつ、軽く言った。

「そりゃ、めでたいわ。才川は何をしたいのか、わかってないんじゃないか、もったいないって、お節介にも気を揉んでたのよ。今後が楽しみねえ」

クソ！

「おかげさまで」

美結はわざとらしく頭を下げ、デスクに戻った。

パソコン画面を睨みつつ、心の中で唱える。

色《しき》不《ふ》異《い》空《くう》　空《くう》不《ふ》異《い》色《しき》
色《しき》即《そく》是《ぜ》空《くう》　空《くう》即《そく》是《ぜ》色《しき》

形あるものは実体がない。実体がないからこそ、形あるものとして存在している。
形あるものはそのままで実体のないものであり、実体がないものがそのまま形あるものとなっているのだ——って、ことらしい。

だから、だから、だから、何もないんだから、何もないことに焦る必要はない、むやみに何かを求めるから迷いが生じるのだ、と、お釈迦《しやか》様は言ってるのだ……多分。

一泊二日でステップアップなんて、そんな風にガツガツ結果を欲しがるのを「さもしい」って言うのだ。この煩悩の塊め!

あ、さっき、山元にそう返してやればよかった。あのときは思いつかなかった。
いつも、こうなのだ。言いたいことが、言うべき時を過ぎないと出てこない。
えーい、口惜しい。

何を言われても、何があっても、すべて受け流せ。気にするほどの重みなんか、ないんだから。流せ。聞き流せって、えーん、できないよお。

山元も憎ったらしいが、開はそれ以上だ。
なんなのだ、人生親任せの、あの態度は。それで、生きてるって言えるのか? 親孝行を隠れ蓑にして、自分と向き合うことから逃げてるだけじゃないのか。

バカ！

『般若心経』も『般若心経』よ。

色即是空がなんだってんだ。悟ったからって、威張るんじゃない！

心の中で罵る自分に、美結は一人で突っ込んだ。

『般若心経』に八つ当たりするなんて、バチが当たるよ！

バチが当たって、願いが何も叶《かな》わず、グチグチ言いながら一生を終えるよ。

才川は何をしたいのか、わかってないだと？

いいや、わかってる。

だから、寺に行ったのだ。自意識に邪魔されず、人の言うことに惑わされず、こだわりを捨て、あるがままの自分を肯定したい。

それでもって、こんなわたしを愛してくれる誰かと愛し合いたい！

そして、こんなわたしでも大丈夫、愛されてる、ノープロブレムと言ってやりたい。自分に。

わーん、これって、自意識の袋小路地獄？

夢が叶って、人気が出て、お金もたくさん儲《もう》かって順風満帆のビートルズがこう歌った。

自分はNowhereman。落ち着ける場所がどこにもないと。

わたしはNowheregirl。誰も聞かない歌を歌う。

ああ、寂しい……。やっぱ、寂しい！

でも、一人旅した先で修学旅行みたいな女子会して、楽しかった。一人が好きな自分を確認した。

確認したから、困るんだよ。

結婚しなくて、いいのか？　子供を産みたい欲は？

そう思うと焦りが倍返しでぶり返すというのに、答えは出ないんだよ。矛盾しまくり。

開の存在は？　好きなんだよね。結婚したいんだよね。だけど、それは結婚のための結婚になってないか？　どっちなんだ？

battle 6

オバさんになっても、わたしはわたし

1

薹《とう》が立つ。

これを漢字で書けるのは、森高千里が歌にしたからだ。

知ったかぶりはダメ。ちゃんと覚えておきなさい。薹は立つのだよ。だから、他人事《ひとごと》だと思ってスルーしてちゃ、いかんのだよ。

あの歌のメッセージが今頃、身にしみる。

若き身空で森高は、われらに警告していたのだ。

気をつけないと、薹が立つ。

だからさあ、薹が立たないように気をつけてたつもりなんだよ。

エステに行って、プロポーションとお肌の劣化防止に心とお金を注入し、ファッションはもちろん、スマホ、タブレット、フェイスブックと流行り物には乗り遅れることなく手を出して、いつも「最新のわたし」に更新してきた。

それなのに、とうとう、薹が立ったのか……。

そう思わざるを得ないのは、生理が止まったからである。三ヶ月、来てない。

生理が止まると、女は焦る。

焦らないのは、子供を待望している妻の場合だ。本当は、この反応が一番正しい。なんたって、女の身体は子供を産むようにデザインされているのだから。

しかしながら、この世には生理が来ないことで焦りまくる女が多数存在するのである。

そしてこの世には、そんな女たちのために妊娠検査キットなる物品がある。生理が来ない女たちはこぞって、とりあえずドラッグストアに走る。

だが、里佳子は違った。

妊娠するはずがないのだ。この半年、ヤってないのだから。

女盛りの四十代で半年もセックスレスなんて実に口惜しいのだが、奔放に見えても自尊心の強い里佳子は、ヤれれば相手は誰でもいい、というか、堪能できる相手を積極的に探す「セックス求道者」になれない。どうせなら、一緒にご飯を食べたり、しゃべったりして楽しく過ごせる、気の合うボーイフレンドとしたいのだ。

なんて、のんきなことを言っていられたのも、レギュラーのボーイフレンドがいた三十代まで。

四十代に入ると次第にボーイフレンドのリストラが始まり、いわゆる空き家期間が長くなっていった。

それはやはり、結婚を意識し始めたからだと、里佳子は自己分析する。

半年前にヤった男とは、フェイスブック経由で参加した合コンで知り合った。真面目そうではあったが、心が動かなかった。それでも、友達としてはそこそこだ、みたいな相互評価の一致でしばらくデートを続け、その流れでセックスに至った。

しかしながら、ヤってみたら、こっちのほうの相性が悪かった。里佳子の反応に無頓着で、自分だけイッて満足して、「今度はいつ?」と無邪気に誘ってきたから、不満をあらわにしてやった。里佳子は基本、愛想がいいが、プライベートで愛せない人間には容赦しない。

それで、相手が傷ついて、それっきりになった。

あのとき、こんなしようもない関係で一喜一憂するのは時間の無駄だと思った。つまりは、したいのはセックスではなく結婚だと気付いたわけだ。だから、明らかにセックスだけを求めてくる男には不愉快を通り越して、怒りを感じた。里佳子を軽視する相手と、そんな女に思わせてしまった自分に対する怒りのダブルパンチだ。

そこから先は合コンではなく、婚活パーティーに積極的に参加した。そして、収穫がなければ手ぶらで帰るようになったのだ。

かくてヤらずの半年が過ぎたが、わりと平気だったのは、軸足をはっきり結婚に置いたからに違いない。女にとってセックスは相手ありきの反応だから、ヤりたい相手がいないなら発情もなしで過ごせるのである。

それなのに、生理が止まった。

なんで⁉　ストレスによる生理不順か、それとも……。

御年四十五歳。それも、四十六歳へのカウントダウンが始まった瀬戸際のタイミングを考え合わせると、もうひとつの答えが。

ストレスか、それとも、あの、その、いわゆるアレ（閉経）か。

まずいじゃない。女性ホルモンがなくなるなんて。まだ結婚もしてないのに！

とても、平静ではいられない。里佳子はすぐに婦人科医に走った。

考えてみれば、人生二度目の「あわてて婦人科」騒ぎだ。

二十代後半で一度、生理が止まったことがある。このときは身に覚えがあったので、そりゃあもう、焦った。妊娠検査キットでセーフだったものの他の疾患《しっかん》が心配で受診したら、ストレスのせいでしょうと言われた。深く納得した。

バブル崩壊後、「いやー、こんなことになっちゃうのね」と驚きつつも、落ち込むことなく、頑張ってきた。そう思い込んでいたが、実はストレスにさらされていたのだ。それが、身体に表れた。

わたしって、健気。と、自分を褒めてやると同時に、うっかり妊娠をしないよう自戒した。もしかしたらと思ったとき、すごく怖かったからだ。

産みたくなかった。本当に妊娠していたら、すぐに中絶したと思う。当時は、その選択しか望んでない自分に罪悪感を感じた。だから、ほっとしたし、自分がその気にならないうちは絶対に妊娠はしないと誓った。

バブル女はイケイケで、ヤリ放題みたいに糾弾されがちだけど、そこら、ちゃんとしてたよ。計算高いからという説もあるけど、賢いと言ってほしいわね。想定外妊娠して負担が大きいのは、女のほうなんだから。

ま、それは、いい。過ぎたことだ。

今、四十代の里佳子の身体に何が起きているのか。問題はそこだ。

かくて駆けつけた婦人科クリニックの三十代とおぼしき女医は、あっさりと答えた。

「内診したところでは月経の兆候が見られますから、まもなく始まるでしょう」

あー、よかった。

「じゃあ、止まった原因はストレスですね」

里佳子は自分で診断を先取りした。

生理が止まるほどの精神的ストレスなら、しっかり自覚できるからだ。

セックスレスより問題の、探しても探しても結婚相手が見つからない焦燥感。もうすぐ四十六歳ともなるとそりゃもう、半端ではない。

2

元メッシーの高桑広務とは、その後も何度か夕食をした。

だが残念なことに、なぜ若い頃の自分が彼をメッシー止まりにしたのか、その理由を確認するだけの無駄な時間だった。

人は変わらない。

成熟して、見る目が変わる。あるいは好みが変わる。それはありだ。だが、人間性や相性は変わらない。高桑は里佳子がピンとくるものを、何ひとつ持っていないのだ。

それは、彼の責任ではない。

理屈っぽい。大所高所から語りたがる。それでいながら、一般論を逸脱しない。論客ではあるが、会話の相手としては力不足だ。里佳子の言うことには「へえ」「ふーん」「なるほどねえ」としか答えない。興味がないのが、ありありだ。

一方、彼が語る内容は里佳子にとって、役所が発表する公式見解並みのつまらなさだ。公務員だから職業病なのかもしれないが、話をして楽しくないのは致命的だ。

ただし、関係作りに関しては慎重で、「このあと、どうする?」みたいな、「よかったら、ヤらない?」が隠された言葉は発しなかった。案外、里佳子にその気がないのを察しているのかもしれない。と思っていたのだが、そのうち、彼が惹かれる女のタイプに里佳子がハマっていないことが判明した。

シネコンのカフェで映画の上映時間待ちをしていたとき、安っぽく派手な身なりの女が通りかかった。高桑は「ちょっと失礼」と中座して、小走りで彼女を追いかけ、つかまえて、しばらく言葉を交わした。ものの五分で戻ってきたが、視線が彼女の後ろ姿を追う。

気になった里佳子は「友達？」と訊いてみた。

「いや、仕事で関わった女性でね。問題のある家庭で育って、高校中退で家を出て働いていたけど、流されやすい性格で、身体を壊して、生活保護の申請に来た。でも、今は基準が厳しくなってるから、なんとかまともに働いて自立するよう、働きかけているところ」

「ふーん。大変ねえ」

「同情すべきところはあるんだよね。それに、話してみると彼女、自立できる見込みはあるんだ」

もうそこにはいない女を、眼差しがまだ追いかけている。惚《ほ》れているのが、バレバレだ。

わかりました。里佳子のような、ほっといても自立できるタイプにはそそられないのね。

別に、いいわよ。こっちもあんたのことなんか、全然好きじゃないし。

元メッシーのくせして他の女に惹かれているのが生意気で、口惜しかったので速攻、忘れることにした。

その後、アラフォーが集うというお見合いパーティーにも参加したが、「大人なんだから、今すぐ大人の関係に」走りたがるおじさんがいるのに、辟易《へきえき》した。かと思えば、「今すぐ結婚」が望みで「会社を辞めて、家業を手伝えるか」とか「親との同居はオーケーか」とか「預金はいくらあるか。自宅の資産価値は」とか、あまりにも具体的な質問をぶつけてくる結婚切迫派もいて、たじたじとなる。

いや、まあ、勉強にはなりましたよ。結婚したい男は何を望んでいるのかが、如実にわかった。あんたらが女に求めるのは若さだけでしょう、みたいにフテクサれていたのを反省した。

結婚が生活上、必要なのね。で、若くて可愛い女の子は好きだけど、結婚相手には無理があるとわかっている。その点、里佳子のように社会経験を積んだ大人の女なら、即戦力になると踏んでいるのね。ましてや、お見合いパーティーなんだから、なりふり構わずでオーケーと思ってるのよね。

そこに、わびしさを感じて嫌気がさす。夢や理想を追ってるわけじゃない。ただ、まったく何も感じない相手では、意味がない。そう思ってるだけ。こんなわたしって、贅沢？と、里佳子は柄にもなく反省しかけた。

だが、いったん何かを欲しいと思ったら、簡単にあきらめないバブル女。志高く、チャレンジを続けます。

ということで、若い男にもチャレンジしてみた。同世代のシングルで話し合う中に「若い子を狙うべき」説が、しばしば出てくるからだ。

アラフォーにとっては、三十代も「若い子」の範疇《はんちゅう》だ。だんだん、範囲が広がってくる。選択肢が増える——って、喜んでいいのか？

「わたしたち、養ってもらいたいなんてヤワなこと、望んでないじゃない？　最近の若い男の子は、寄りかかられるのイヤみたいだから、働く気満々でお金もそこそこある年上ワーキングウーマンとの結婚、オーケーらしいわよ」

そう言う「狙うべき」派が強調するのは、年下夫ならではの高い付加価値である。

「これからを考えたら、絶対、若いほうがいいじゃない。同い年とか年上だと、すぐに倒れたときの心配しなきゃいけなくなる。そこへいくと若い子は体力も腕力もあるから、何かと便利よ。年の差だって、女のほうが長生きだから、年を取れば取るほどギャップがなくなるってもんよ」

まったく、四十代ともなると、あっちにもこっちにも目配りができるぶん、夢よりリスク管理が先立つようになるのよね。

四十代シングルは、お金の点でも危機感が迫ってくる。

貯めている人は「まだ足りない」と思い、貯めてない人は「やばい。今すぐ、預金額一千万を目指さなきゃ。でも、今、二百万だから、達成するためにはどうしたらいいの？」と焦り出す。知恵がつくって、こういうことです。

経済的安定のために結婚する。そんなスタンダードな願望が頭をもたげるのも、無理はない。

若くて体力があっても、生産性がないのはダメ。ちゃんとした収入があり、かつ、先々破綻しそうにない健全な若い男。いませんか？

はい、いますね。

というわけで、里佳子は前々から眼中にひっかかっていた野々村開を誘ってみた。

とりあえず、単なる飲み会からスタートだ。

「野々村くん、今夜暇なら、ご飯付き合わない？」と声をかけたら、いとも簡単に「あ、はい。わかりました」と答えた。

これには、里佳子のほうが慌ててしまった。

えっと、ここはまず好みを調べる場面よね。

「何、食べたい？」

「僕、あんまりそういうの、詳しくないんで、山元さんにお任せします」

「だって、好き嫌いがあるでしょう。イタリアンとか中華とか和食とか」

「じゃ、イタリアンで」

で、行ったレストランで彼が注文したのはソーセージ入りのピザとビールである。いいけどね。本格イタリアンだから、カルパッチョとかバーニャカウダとかミラノ風カツレツとかイカスミのリゾットとか、凝ったものがあるのだよ。

里佳子はルッコラとモッツァレラのサラダに、マグロのカルパッチョにした。

そして、疲れる一時間半を過ごした。こっちがリードしてやらないと、会話が成立しないのだ。

「野々村くんの趣味って、何」

「プラモ製作です」

やだ、オタク？　でも、オタクのほうが扱いやすいと聞いたし、男は本来みんなオタクだとも言うし……。

「じゃ、お休みの日はもっぱら、プラモ作り？」

「いやあ、最近はただ、家でゴロゴロしてるほうが多いですね」

えー、何それ。若いのに。と言いそうになったが、すんでのところで踏みとどまった。

それじゃ、まるっきり、おばさん発言だ。

「そうね。仕事、大変だものね。疲れるわよね」

これだって相当、その場しのぎのおばさん発言だが、相手を労《いたわ》るお姉さん発言とも言える。

「でも、たまには外に出ますよ」

ゴロゴロしてばかりと思われるのも心外なのか、開はカラリと言った。

「ロボコン目指してた高校んときからの友達と、ロボット作り続けてるもんですから」

あら、それ、可愛いじゃない。

「へー、面白そうね」

「いやあ、自分たちだけで喜んでるようなもんで」

「見てみたいな、野々村くんが作ったロボット」

「まだ未完なんですよ。お見せできるようなものはないです」

「いつ頃、できるの?」

「さあ。三年後くらいかな」

三年って……。

「それって、何か目標があるの? ロボコンって、高校生が対象でしょう?」

「いやあ、作る過程が楽しいんで、特に目標とか定めてないんですよ。まあ、完成したら、内輪でお祝いして、ネットでお披露目くらいすると思いますけど」

「ふーん。その作ってる過程の見学って、させてもらえないの?」

里佳子は粘った。

「いや、別に、いいですよ。大体、第三土曜日にやってます。都合が悪いやつは来ない、ゆるーい会なんです。ビジターでも興味があれば作業に参加できますけど、ただ見学してるぶんには、何にもお構いしませんから退屈しますよ。それでよければですが」

「いいわよ。誘ってね」

「わかりました。メールでいいですね」

淡々としている。でも、内心では「めんどくせえなあ」とか思ってるんでしょう。断る理由がないから、「いいですよ」と答えただけよね。そのくらい、お見通しよ。

こっちだって、流れで興味ありそうなふりをしたけど、オタクが寄り集《つど》ってオタクな会話して内々で盛り上がるさまを想像するだけでうんざり。

けど、一緒に遊ぶ必要がないのが結婚よ。社会生活における夫婦であることの利便性から押していけば、需要と供給が一致するかも。

もう、どストレートに行くわよ。

「それはそうと、野々村くん、付き合ってる人、いるの?」

「やー、いませんねえ」

即答だ。よし。

「ほんと? いそうに見えるけど」

「全然。モテないんですよ。デートとか苦手で」

でしょうとも。それで、いいのよ。結婚相手にデート上手は、むしろペケ。

「でも、好きなタイプってあるでしょう?」

「うーん。いやー、よくわかりません。好きになった人がタイプってことなんでしょうね、多分」

ふーん。うまいこと言うじゃない。まったく恋愛経験がないわけじゃないんだ。

「だけど、若いんだもの。彼女、欲しいでしょ」

あー、またしても、おばさんワードを言ってしまった。相手が若いことを強調しちゃ、ダメじゃない。でも、こいつが相手だと自然とこうなっちゃうのだ。

「そりゃ、欲しいですけど」

「合コンとか婚活とか、してるの?」

「やー、合コン、人数合わせで呼ばれることありますけど、うまくいきませんねえ。やっぱり、苦手なんですよ。女の子と話すの」

「今はどうなの。わたしも一応、女の子なんですけど」

わー、おばさんギャグ、かましてしまった!

開は、「あ」という顔をした。しまった、と思ったのか、そう言えばそうですね、なのか、顔色が読めない。そして、ごく真面目に答えた。

「山元さんとは、いろいろ教えてくれる先輩と話す感じなんで、ある意味、楽です」

なによ、それ。バカにしてんのか。いたぶってんのか。

「ちょっとガッカリだなあ。一応、大人の男と女なんだから、もうちょっと色気があってもいいんじゃない？」

笑いながら言ってるけど、怒ってるんだからね！

「アハハ」と、開は笑いやがった。

「すいません」

ぺこんと頭を下げた。完全に笑い話にされた。

ガキめ。オタクめ。えーい、イライラする。先輩が叱咤《しった》してやる。社会性に目覚めろ！

「だったら、婚活したほうがいいんじゃないの？　何をするにもパートナーって必要よ」

とくに、あんたみたいにぼーっとしてるオタクは、現実を見て尻を叩く、わたしみたいな人がね。

「ですかねえ。ハハハ」

開は、気のない愛想笑いで逃げた。とくに気に入らないのは、目が泳いでいることだ。

里佳子は眼中にないので、そんなこと言われても困ります……と、精一杯の身体表現。

ケッ。

わかったわよ。あんたの人生において、わたしは通行人でしかないのね。バカ！

こんなことの連続だ。里佳子は焦り、落ち込み、自信を喪失し、なんだかわからなくなり、それでも健気に日々の仕事をこなしているわけで、そりゃ、生理も止まるわよ。

あー、森高の歌が頭にこだまする。

ストレスが女をだめにする。ストレスが地球をだめにする。

『非実力派宣言』あたりから、同世代OLの代表になった森高千里。

ミニスカで可愛く振る舞いながら、媚びがなかった。そうしたいから、そうしている。

そんな他人の目線を意識しない強さが、バブル女たちの気持ちにピタッとはまり、時代のアイコンになった。

いつも、心に森高を。

そのつもりだった里佳子だが、いつの間にか、すっかり忘れていた。

それは森高が結婚して子供を産み、表舞台から引っ込んだせいもある。

そして今、脳裏に刻み込まれている森高の歌を再生させてみると、忸怩《じくじ》たる思いに襲われる。

差をつけられちゃったなあ……。

ちゃんと結婚して、子供を産んで、ママドルを売り物にせず育児に専念した後、復帰を果たした森高。

里佳子とて、結婚して子供を産みたかった。そうするつもりだった。仕事一途のワーキングシングルなんか、望んでいない。なのに、そうなっている。なりたい自分になってない。森高をただ羨ましく思う自分が情けない。

やだなあ。生き方を振り返って、「どこで間違ったんだろうか」とか疑問符、噴出させちゃったよ。

わたしらしくないよなあ。

3

落ち込んだら、すぐに前向きスイッチが入る。バブル女は損をするのが嫌いだ。マイナスをすぐさまプラスに転化しようと、反射神経が作動するのだ。

そのバブル女スイッチはまだ、里佳子の中にかろうじて生きていた。

「ストレスがなくなるってことは、ないですよね」

女医相手に、さばさば言ってみた。

「また、こういうことになったら、生理が再開するような薬を飲んだほうがいいってこと、ありますか?」

備えあれば憂いなし。アラフォーは情報で守備固めできるのよ。

「というよりも」

女医はカルテを見ながら、水を差した。

「山元さんのお年で不規則になるのは、更年期の始まりと考えたほうがいいでしょう。二ヶ月に一度、三ヶ月に一度という風に、間があくんですよ。半年なくて、いよいよ閉経かと思うと、また始まったり。個人差があるので一概に言えませんが。これ、差し上げますから、読んでおいてください。いざとなったら、ホルモン療法その他、うちはいろいろ対応できますから」

差し出されたリーフレットのタイトルは、『更年期なんか怖くない』である。

怖くないとわざわざ言わなきゃいけないようなものなんじゃないか！

ムカついたが、黙って受け取った。

情報で守備固めするアラフォーは、いやいやながらも四十代から更年期が始まることを知っているのだ。なにしろ、女性雑誌では『ダイエット』『恋愛』『着回し術』に並ぶ特集の柱だ。

認めましょう。更年期に入ったのね。

だが、クリニックでもらったリーフレットのざっくりした説明を読むだけでは、何も心に響かない。

なんだろうな。語り合いたい気分。「そうそう、そうよね」みたいな共感が欲しい。

だからといって、フェイスブックで同世代の友人にお披露目する気になれない里佳子は、母親に電話した。

「お母さんの更年期って、いつだった？」

単刀直入に訊くと、母は「え、あんた、もう、そんな年なの？」と驚いた。

「娘の年、知らないの？」

「そんなことないけど、普段は忘れてるのよ。いつまで経っても、娘は娘だからね」

わたしだって、普段は忘れてるけどね。里佳子はため息をついた。でも、こうやって思い知らされるのよ。

「で、いつだったの」

「うーんと、あれは、そうねえ。完全に上がったのは五十歳くらいね。その二、三年前から間隔があくようになってたのがついに、ぴたっとなくなったから、あんたに残った生理用品あげたでしょ」

「ああ、そんなこと、あったね」

すっかり忘れていた。そう言えば、あのとき「もう、要らなくなったから」と説明されたのだった。流れで思い出した。そして、里佳子は「お母さんも、女が終わったのね」と、無神経なことを言ったのだった。母は「そうね。ま、もう、いいけど」と笑っていた……。

ほぼ二十五年前だから、里佳子は二十代になったばかり。何も知らないサルでした。

今、あの頃の自分に復讐されてるんだな。感慨しきり。

母もそれは同じようで、「里佳子が更年期ねえ。わたしも年取るはずだ」と、ため息交じり。

「年取ってると思ってなかったの？」

「そりゃ、思うわよ。身体がついていかないからねえ。でも、そこまでの年寄りだとは思ってないのよね。何かの書類に年を書くたび、ぞっとする」

その感じ、同じだ。

里佳子はしみじみしてしまった。母親と、もっと話さなきゃ。そう思った。しかし、母親が先に現実的になった。

「あんたも結婚しないならしないで、先の準備しておいたほうがいいねえ。ちゃんと貯金してる？」

「まあ、それなりにね」

本当は七百万円足らずだ。一千万円超えが目標なのだが、なんだかんだでねえ。

それより、結婚しないと決めつけられたのは心外だ。

「結婚はするつもりよ」

「相手は？」

「探してる」

ようだ。

母の声がちょっと跳ね上がった。七十過ぎにも普及しているのだから、婚活は今や流行語ではなく、普通名詞に定着した

「婚活？」

「まあね」

「で、うまくいきそう？」

「うーん、まだまだ、これからってところ」

「わたしも心当たり、聞いてみようか」

「いや、それはまだ、いい」

「そーお？」

母親を頼るのは、なんとなくだが、プライドが許さない。心当たりを探ってもらうなら、友人のほうがいい。

フェイスブックで結婚願望を明らかにするのはイヤなので、個人的に打ち明けられる少数の友人に「出会いがないのをなんとかしたい」と遠回しに訴えるメールを書いた。すると、玖実から返信が来た。

「旦那の先輩なんだけど、イヤなら断ってくれても全然いいから」という但し書き付きだ。

相手は団塊の世代。奥さんに熟年離婚され、落ち込んでいるのを見かねた玖実の夫が、頃合いの独身女を集めてさりげなく出会いを演出したいと思いついた、とは玖実の説明だが、友人を励ましたいと言う旦那に、玖実がプライベート婚活を入れ知恵したのだろう。

それにしても、団塊だなんて。

団塊オヤジとの付き合いは、仕事上の社交で十分やった。いつまでも若大将気取りのテラテラしたところがうっとうしく、プライベートでは接触しないように努めてきたのだ。大体、六十四歳以上ということは、すんごい年上じゃない。すぐにも介護に突入しそう。

そりゃ、出会い不足を嘆いて、紹介してほしいとお願いはしたが、条件がまったくないわけではないのだよ。

そこらを返信メールでチクチク怒ってやったら、今度は電話がかかった。

「里佳子、ごめーん。説明不足だった」

開口一番の謝罪。玖実は、こういうのがうまい。総じて、バブル女はコミュニケーション術に長けているのだ。

「里佳子はパーティーを盛り上げる名人じゃない。人をそらさないっていうか。わたし、そういうの苦手だから、ムード盛り上げに一役買ってほしいと思ったのよ。けど、会ってみたらわかるけど、素敵な人なのよ。だから、ちょっといいかなと思っちゃって」

素敵な人が、どうして離婚されるのよ。そう言いたいが、玖実のほうが素早い。

「里佳子が来てくれるって、もう、旦那に言っちゃったのよ。オードブルとデザート、里佳子の好きなお取り寄せを揃えておくから。ワインも飲み放題よ。それから今後は、独身の五十代、探すって約束する」

なんで、五十代よ。そりゃ、団塊より里佳子向きだが。

「……盛り上げ役、わたしでいいなら、行くわよ」

「ありがと！　そう言ってくれると思ってた。じゃね」

玖実は現金にも、とっとと通話を切った。スマホを耳から離しつつ、里佳子は思わず呟いた。

「団塊か……」

そのあたりでもいいと、玖実は思ったのだ。もうすぐ四十六歳って、世間一般から見ればそういう年回りなんだ。だから、声をかけてきた。盛り上げ役なる言い訳は、里佳子の「豚もおだてりゃ木に登る」性格を熟知する玖実の作戦だ。登っちゃったけど……。

だって、わたし、派手に見えても根は真面目で素直でお人好しで、いつも損してる森高女だから。

やるせないって、こういう気持ちなのかしらねえ。思わず、ため息……。

4

団塊男、広川克也《ひろかわかつや》は、見事に団塊のイメージ通り、妙に元気だ。ポロシャツにジーンズ。五分刈り総白髪頭の丸顔。中肉中背。下腹が少し出ている。

玖実の自宅は、庭付き一戸建て。庭と言っても猫の額だが、玖実は一応、そこでガーデニングをやっている。ガーデンパーティーを試みたこともあるが、話し声に隣家から苦情が出て以来、人寄せをするときは庭が見える位置にテーブルをセットする。そこに、里佳子の他、五十代と三十代の女が一人ずつ集まった。

五十代は玖実の夫の知り合いで、さる社団法人職員。フロントから頭頂部にかけてガチガチにウェーブしたダークブラウンのショートヘアから、ウィッグの使い手とみた。ニットのアンサンブルにミディ丈のフレアースカート。体型隠しだ。

三十代は玖実が働くセレクトショップの新人パート。上司と一悶着を起こして会社を辞め、再就職に困っていたところ、オーナーのコネで拾われたと、玖実からのシークレット情報。

ショップで売っているセレブ風のひらひらしたワンピースに透かし編みボレロを羽織って、そこそこおしゃれっぽい。だが、笑顔がこわばっている。

声をかけてみたら「団塊との結婚、ありですよ」と答えての参加と相成ったそうだ。だが、やはり無理。それが顔に出ている。彼女がイメージした「ありな団塊」とは、誰なのか。いっそ、訊いてみたい。何かというと「手伝います」と手を上げて、キッチンに入り込んで玖実とヒソヒソ話す様子が感じ悪い。

年回りからいくと五十代女がベスト・マッチだが、サービス精神がないのか、プライドが高いのか、それとも広川がタイプではないのか、いつのまにか玖実の夫とばかりしゃべっている。

結局、場が白けるのを我慢できない里佳子が、克也のお相手をする羽目になった。

本日の装いはざっくりニットをベルトでウエストマークして、膝丈のタイトスカートだ。座ると、膝上十五センチまで腿がむき出しになる。

このところ弱気になって、メイクもモードもマイルドにギアチェンジしているのだが、スカート丈だけは譲れない。メルヘン風味のゾロリとしたマキシや、中途半端を絵に描いたような膝下丈のAラインは、根性なしの二十代どもや体型カバーが生命の五十代にくれてやるわ。

心を決めたら、四十代は強い。

里佳子は広川の隣に腰掛け、女子アナ座りでさりげなく脚を見せた。そして、上半身を男のほうに向け、小首を傾げて上目遣いで話しかける。

「広川さんはご引退後、悠々自適の毎日ですか?」

相手にしゃべらせる。これが、おじさん落としの鉄則である。

「定年まではそれに憧れてましたけどね。いやあ、全然」

広川は大きく手を振り、ウハハと笑った。

「することがないと、うずうずしてくるんですよ。我々は世代的に、何かせずにはいられないんですかねえ。そこへ持ってきて、今やマーケットはこぞって団塊相手に、持ち金を使い切って死ねとばかりに、旅行だの習い事だの、いろいろ誘ってくるでしょう。うかうか金づるにされるのも、シャクにさわってね。日本をダメにした元凶みたいに叩いておいて、そりゃないだろう、世間よ、と言いたい」

「あら、叩かれるってことなら、わたしなんか死ねばいいって言われてるバブル女ですよ」

「なーるほど。そういえば、明るく華やか、あの時代の雰囲気、ありますよ」

「明るく華やか、でも、バブル。つまりはバカですよね」

「いやあ、バカなら団塊のもんでしょう。資本家を打倒して革命を起こすぞお、なんて、こぶしを振り上げてましたけどね。本当に理想の実現を願ってたわけじゃなかった。ブームだったんです。若いから、みんなと一緒に何かするのが楽しかった。それだけのことだったんですよね。ただ、数が多いから一大勢力になり、社会的ムーブメントになった。あのあと、赤軍派の事件がいろいろ起きたけど、僕らの大半はその頃は憑き物が落ちてたから、ああならなくてよかったとホッとしてましたもんね。評判悪いのも、納得です。あのとき、僕は若かった、そしてバカだった。けど、世の中の中心にいたあの感じは、ちょっと忘れられんですよ」

おー、おー、語ること、語ること。

これだから、団塊はダサいのよ。森高が歌ってた。理屈ばっかり言って身体使わないから、腹が出るのよ。フン！

なんだかこの頃、何かというと、森高を思い出すなあ。

団塊叩きソングは、タイトルが秀逸。『臭いものにはフタをしろ!!』。団塊は、自分たちが臭いと、わかってるのかね。と、三十代までは思っていた。なのに、こうして目の前で語られると、笑って聞き流せる。

異星人と対面しているようだった開との会話の虚しさが、無駄に熱っぽい団塊の自分語りを面白く錯覚させているのだろうか。

「おーい、広川さん。また団塊自慢ですか。女性は引きますよ。ねえ、山元さん」

玖実の夫が茶化した。

「いえいえ、わたし、団塊さんには慣れてますから、大丈夫です。なにしろ、オヤジ転がして、おいしいものをおごらせてきたバブル女ですから」

「アハハ。あっぱれ！」

広川は呵々大笑《かかたいしょう》である。

目の隅で、五十代女が軽蔑の眼差しを里佳子に発射したのがわかった。三十代は「よくやるよ」みたいな呆れ顔だ。

バカにされて、猛然と闘志が湧いた。

女を売りにするのが、好きなのよ。でもって、うまいのよ。ダテに場数踏んじゃいないのよ。

里佳子は広川に笑顔を向けた。パーティーらしく、愉快に会話して笑い声を響かせているのは、わたしたちだけじゃない。パーティーに来て楽しまないなんて、時間の無駄よ。元は取らなきゃ。

「僕にもいましたよ。バブル部下」

他の女たちの顔色など一顧だにしない広川は、話を続けていた。

「男はダメだったけど、女の子は使えたなあ。シャキシャキしてて、おしゃれで可愛かった。僕たちは、女は従順なのがいいとは思ってなかったですからね。それに、あの頃は女性の声を生かせが合い言葉で、女ばかりの商品開発チーム作ったりしてね。その会議室に行くのは、楽しかったですよ」

広川は調味料メーカーの営業をやっていたそうだ。だが、業種はあまり関係ない。日本の会社は横並びになりがちだから、男女雇用機会均等法から生まれたシステムだけがあちこちで一人歩きした。おかげで、えらい目に遭ったのだ。里佳子は猛然と反発した。

「総合職に就いた女子社員は大変だったんですよ。景気が悪くなっても、数字は出さないといけないじゃないですか。バブル崩壊の恨みを女性総合職いじめで晴らすみたいな、そんな感じでしたよ」

あんたら、男並みの働きを期待されてるんだから、今さら、泣き言言ってもらっちゃ困るよ。生理で具合が悪い？　いいねえ、毎月通用する言い訳があって。男には無理だからねえ。

今なら、セクハラ、モラハラで訴えられるようなことを平気で言われていた。一般職の里佳子は横で見ていただけだが、トイレで泣く同期を何度慰めたことか。彼女たちは耐えきれず、ぽろぽろと辞めていった。思い出すと今でも、生々しく腹が立つ。

里佳子は、その怒りを広川にぶつけた。確か、あれらの嫌みを言ったのも団塊だ。

「いや、同世代を代表して謝ります」

広川は真面目に、頭を下げた。薄くなった頭頂部が丸見えだ。

「あのときは僕ら、ちょうどリストラターゲットの中間管理職だったから、すさんでたんですよ。バブル投資したのもいたからね。ブームに乗る体質だから、俺ら」

いつの間にか「僕ら」が「俺ら」に変わった。リラックスした証拠だ。

「OLでも、株やってましたもんね。わたしたちって、踊らされてただけなんですよね」

里佳子も思い出語りをした。

「でも、きみらは若かった。中年にさしかかってた俺らの苦しさとは比べものにならない。子供にはまだ金がかかる、住宅ローンも残ってる。背負っているものが違ったんだよ」

広川は憤然と主張した。だが、すぐに反省したようで、「だからね」と言い訳口調にトーンダウンした。

「八つ当たりしたんですよ。女性総合職という立場は、会社があんなバカなことをして、みたいな怒りのシンボルでもあったから。でも、女の子いじめて、嫌われて喜ぶ男はいないからね。自己嫌悪にも苦しんだ」

「そうだったんですか」

里佳子は納得してみせた。だからといって、怒りは消えない。だが、今は上の世代の心境に思いを馳せられる。バブル女は大人ですから。

広川は調子に乗って、団塊の自己憐憫《れんびん》を続けた。

「年金を額面通りもらえる勝ち逃げ組だって恨まれるけど、二十四時間戦えますか、なんてコマーシャル真に受けて、働いて働いて税金納めて、GDPあげたの俺らだぜ」

「まあまあ、そういう話になったら止まらないから。はい、みんなで空気を読みましょう」

玖実の夫が、ニヤニヤ笑いながら間に入った。玖実はどっちでもよさそうに、ワインを飲んでいる。

玖実には、わかっていたのかもしれない。里佳子と広川は、気が合うのだ。

語る内容は、愚痴と理屈。そればっかりなのだが、それらに突っ込みを入れると、広川は笑うのだ。

「こういう機会は必要ですねえ。昨夜、久しぶりに鼻毛切りましたよ」

それを口に出すか。里佳子は呆れながらも、つい、広川の鼻のあたりを見てしまった。すると、広川は「ほら」とばかり、顎を上げて鼻の穴を観察させた。確かに、手入れしてある。

「年取ると、鼻毛が伸びるのが早くてね。女房にもうるさく言われてたんですが、放置してました。まさか、そんなことが原因で離婚迫られるなんて思わずにね」

「また、そんな」

里佳子は軽く嘲笑してやった。

「奥様への気配りのなさが、鼻毛に象徴されてたんだと思いますよ」

「その通り」

広川はパチンと指を鳴らした。

「おんなじ事、女房が言いました。さまざま積もり積もってたとね。でもなあ、気を遣わなくてすむのが女房、でしょう?」

「限度があります」

「うーむ」

広川はうなった。

「そんなこと、いきなり言われてもねえ。女房は、ずっと抗議してきたって言うんですよ。でも、そんなの夫婦喧嘩の範囲内じゃないですか。いやいや、言いたいことはわかります」

広川は両手を差し出して、里佳子の発言を止めた。

「それは男の勝手な言い分なんですよね。女房にも、さんざん言われました。でも、納得できない。今でも、どうすればよかったのか、皆目わかりません。それでも、離婚に応じたのはね。女房が何年もかけて、離婚を準備していたことに驚愕したからです」

五歳下の広川の元妻は、かなりの額の預金を自分名義にしたうえ、離婚の話を持ち出す前に引き出して実家に預けていたそうだ。

「そこまで周到なのにゾッとしたというか、なんか、冷え冷えしましてね。争う気力が失せた。なんでもない顔して、土壇場でちゃぶ台返しされたようなもんですから。茫然《ぼうぜん》自失で……。なんだかんだ言いながら、根はお人好しの弱腰ですからね、団塊の男は。粘りきれないんですよ」

悄然《しょうぜん》とするさまが、ちょっと可愛い。

「で、奥様は今、どうなさってるんですか」

「元奥様ですがね。それこそ、ちっちゃなマンションで猫飼って、悠々自適ですよ。絵かなんか習って、ブログ書いてます。ときどき、読んでるんですけどね」

そのくだりで、里佳子は思わず吹き出した。元妻のブログを毎日チェックする、捨てられた夫。

「笑いますよねえ」

広川は弱く、自嘲の笑いを浮かべた。

「すいません。でも、おかしいです。そのブログ、わたしも読んでいいですか?」

「いいですけど、面白くないですよ。プロフィールでバツイチと自己紹介してますがね。離婚すると、こんなにハッピーみたいな感じですよ。毎日、どこ行って何食ったみたいなことばかりで。これがおまえのしたかったことなのかと、突っ込み入れたくなります」

愚痴がダダ漏れ。だが、笑い事になっているせいか、嫌みがなかった。

この甘ったれぶりが、団塊男なのよね。年下男に比べれば、百倍わかりやすい。

わかるから、ストレスがない。

こんな調子で、広川と里佳子は会話しているが、全体としては空気が淀《よど》んでいる。玖実の夫が満《まん》を持《じ》してという感じで、両手を挙げた。

「お待たせしました。カラオケタイムです」

　ゲーム機器とつないで使う通信カラオケで、実はこの家の自慢物件らしい。玖実の夫は手慣れた動作で、セッティングを済ませた。そして、マイクを差し出したのはいいが、誰も動かない。笑顔まで固まった玖実の夫に助け船を出すのは、里佳子しかいない。

「はーい、わたしが口火切りましょう」

　曲目検索、インプット。流れてきたのは、『ザ・ストレス』だ。

「あ、森高だ。なつかしー」

　玖実が声を上げた。

　里佳子は腰を振って、ストレスダンスを踊った。

　その次に三十代女が、いきものがかりを歌った。それからは順調で、玖実の夫がサザンを歌い、玖実が松田聖子を顔真似付きで歌い、五十代が『千の風になって』で場を盛り下げたところで、広川がマイクを握った。

『たどり着いたらいつも雨降り』。吉田拓郎《よしだたくろう》だ。団塊オヤジ、カラオケの定番ですね。知ってますよ。

　ああ、このけだるさは、なんだ!?　ここぞとばかりダミ声で絶叫した広川は、なにやら得意顔だ。

はいはい。心の中に傘を差して裸足で歩いてる、ロンリーでオンリーでマンリーなオレなのよね。

自分大好きではバブル女だって負けちゃいないけど、自己憐憫とか自己陶酔みたいなジメジメしたのは大嫌い。

里佳子は立ち上がり、『臭いものにはフタをしろ!!』を歌ってやった。すると広川が猛然と、『人間なんて』をやらかした。

なにが、人間なんてラララだよ。大げさなんだよ、団塊は。

里佳子は『鬼たいじ』で応戦した。桃太郎がいないから、わたしがやってやるのよ。打ち出の小槌なんかなくても、素手で闘ってやるわよ!

ああ、気持ちいい。やっぱり、森高よね。

広川も負けてない。『今日までそして明日から』を朗々と歌う。

二人の歌合戦の様相を呈して、その他は白ける一方。気を遣った玖実がマイクを回し、しばらくAKB48だのアンジェラ・アキだのドリカムだのがふらふらと空中を漂ったが、その間も広川と里佳子はリモコンを独占してインプットに余念がなかった。

やがて、他の連中はあきらめた。玖実と三十代はしゃべりながら、後片付け。五十代と玖実の夫は仕事の話に戻り、広川と里佳子だけが森高千里と吉田拓郎なりきりジョイントコンサートを続けた。

締めの一曲は里佳子が『私がオバさんになっても』。広川は『結婚しようよ』だった。

五十代と三十代が引きあげたあとも、里佳子は残って広川と話し続けた。玖実と玖実の夫も一緒に座っているが、それは自分たちの家だから逃げ場がないといった体である。

「吉田拓郎が、森高はすごいって評価してたの、知ってますか?」

広川が言った。

「そうなんですか」

知らないが、誰が聞いても森高はすごいに決まっているのだ。里佳子は我が事のように誇らしかった。

「だから、森高には注目してたんですよ」

「ミニスカの女王だからでしょう?」

「それもあるけど、憧れですね、やっぱり。俺らには行けないところに行ってる。あの軽やかさ。あの強さ。森高を聞くと、俺らは古い人間なんだと思い知らされた。旧世代打倒を目指した若さの塊と思っていたのに、価値観としては旧世代のままだった。だから、何にもできずにつぶれたのかなあ」

また、自分の傷を可愛がって。ダメねえ。

「わたしたちだって、バブルでおいしい思いもしたけど、その後のしんどさに耐えてきたんですよ。でもね。わたしたちはセンチメンタルにならず、笑い飛ばそうとしたんです。それが森高魂なんですよ」

つい口走ったが、きっと本音だ。

イヤなヤツやつらいことだらけ。でも、人生に負けたくない。孤独に負けたくない。ちっぽけな自分には生きる価値がないなんて、思いたくない。自然と、そんな負けん気が頭をもたげる。

森高千里は、その心意気を歌っていた。大げさにならず、明るく開き直って、バブル女がナチュラルに生きるってこういうことだと、道を示してくれた。

「それを言うなら、団塊魂も死んじゃいませんよ。挫折はしたし、失敗もした。敗北感は否定できない。でも、頑張った。面白かった。だからといって、あの頃はよかったと振り返るだけの、後ろ向きの余生にしたくない。自分らしい今を生きたい。そういう願望があるんです」

それがうっとうしいのよね。

でも、わたしもそうだ。と、里佳子は思った。

やたら前向き。やたら賑《にぎ》やか。いつまでも、主役でいたい。だから、消費行動するのよ。日本経済はバブル女が回してるのよ。そう思っている。誇っている。

だから、これでいいのよ。わたしはわたし。オバさんになって愛されなくなるのを、心配なんかしない。いや、心配だけど。

心配はいつもある。そんなの、当たり前じゃない。ストレス社会で生きてるんだから。

「また、歌いたいですね」

広川が言った。

「そうですね」

「じゃ、とりあえず連絡先の交換なんぞを」

広川がスマホと老眼鏡を取り出した。だが、見るからに操作が下手だ。

「やりましょう」

里佳子が手を差し出すと、広川は苦笑しながらスマホを渡した。

「使いきれないなら、もったいないからガラケーに替えたほうがいいですよ」

アドバイスしてやった。

「みんなにそう言われるんですけどね」

広川は笑った。

「ブームに乗り遅れたくない性分で」

「気分だけは若いから？」

「その通り」

それを言うのは、年を取ってる証拠。わたしも、口に出すようになるのかしら。

それならそれで、いい。

閉経して、しわが増えて、あちこちたるんで、髪が白くなって薄くなって、ミニスカートが似合わなくなっても、わたしはわたし。変わらない。古ぼけない。オバさんになっても、薹は立たない！

言いたいヤツには言わせておけ。気にしない。笑って、踊って、弾けてみせるわよ。

final battle

おまえを抱きしめたい

1

二〇一三年も終盤に入り、景気はよくなった、とマスコミが発表している。

株価が上がったとか、貿易収支や企業の業績が黒字に転化とか、消費行動が活性化とか、マンションの建設ラッシュとか、高額商品が売れているとか、長く続いた停滞感が東日本大震災のとてつもない圧力で底を打って、浮かれ騒ぎに反転したみたいな……。

全体の空気として、東京がオリンピック誘致に成功したり、東北楽天ゴールデンイーグルスが初優勝したり、七十歳を過ぎたポール・マッカートニーが十一年ぶりの来日公演で元気な姿を見せるなど、何かとおめでたいのである。

不景気しか知らずに成長した美結にとって、生まれて初めての好景気といってもいい
――のだが、ぜんっぜん、そんな気がしない。

周辺には、それっぽい動きがある。

実家は来年の正月用に、三万八千円のおせちを予約した。せっかくの正月だからおめでたく大盤振る舞いする気になったというのだ。

こうした「大盤振る舞い」決断ハードルが下がったのが、好況感マジックなのだろう。

それに、クイズに答えると抽選で一組二名様をロンドン旅行にご招待などという企画が

あるのも、景気がいい。遙佳がこれで来年早々、滞在費だけでロンドンに行くことになった。それも懸賞マニアの友達が当てて、ペアの座が転がり込んできたのだから、棚からぼた餅である。

「よかったね」と祝福はしたが、妬ましかった。無料の海外旅行だなんて、羨ましいったらありゃしない。格安航空会社の登場であっと驚く値段で旅行できるようになったから、そのうち利用しようと思ってはいるが、どんなに安くても無料には負ける。

ともあれ、遙佳は景気上向きの恩恵を受けたのだ。

実を言うと、景気上向きの影響は美結にも及んでいる。でも、それは……。

来春、久々に新卒採用が決まった。ついては美結を主任に昇格させ、新人の教育を担当させることになったから、そのつもりで――と、課長から内々の通達があった。

販売促進管理課には、すでにバブル山元という主任がいる。ほぼ二十年のキャリアの差がある彼女と美結を並列させるわけにはいかない。

そのような日本的配慮により、美結の昇進に伴う玉突き人事で山元には「課長補佐」の椅子が用意された。

女子社員初である。山元だけではなく、他部署の主任ＯＬにも同様の措置がなされた。

「うちもようやく、世間並みに一歩近づいたわけね。ここまで長かったわ」

内定を知らされた山元が自分の手柄のように触れ回ったものだから、美結は早くもからかい気味に「主任」と呼ばれて、おおいに困惑している。

だって、嬉しくないんだもん。

以前、先輩として教えたヘタレOLが改心するどころか、あっさり退職してしまったトラウマを克服してない。それなのに、これから新人が失敗したり辞めたりしたら、いくら当人に問題があっても、美結が責任を問われることになる。

なんといっても年功序列なら上にいるワーキング・ママ、久島優をすっ飛ばしての昇進が居心地悪い。

「育児を優先してもらうために、拘束時間が長い役職にはつけないのが会社側の配慮」と、幹部が威張って言う会社だ。優は割り切って受け入れているが、女子社員は全員ムカついている。

折しも、アラコがハネムーンベビーを孕《はら》んだ。

新人教育の目的は、これから産休や育休をとるアラコのカバーを一日も早くできるようにすることだ、そのつもりでしっかりやってほしいと、課長は言った。

結婚。そして妊娠して、母親になる。それは、美結の夢だ。それを、美結より年下のアラコがこともなげに実現させた。

先を越された。というより、自分にはもはや手の届かない夢のような気さえしてきた。

惨めさにまみれているところに、会社から「おまえはどう見たって結婚出産しそうにないから、昇進させるよ」と、だめ押しされた。

被害妄想と言われても、美結にはそうとしか思えないんだよ！

だから、内定を告げられたとき、思わず不満顔になった。が、課長からは、「いいねえ、その任務の重みを真剣に受け止めた決意の表情」と褒められた。

美結はふくれっ面をするとか、「えー」とブーイングをするとかのわかりやすい不満表現ができない。

気取り屋の自意識が、「そんな子供っぽくてみっともないこと、してはいけません」と、ブレーキをかけるからだ。眉間にしわは寄るがわずかなもので、人の顔色を読む習慣のない人間には気付いてもらえない。

それに、不満ではあっても美結は役職を引き受け、「あーあ、なんで、わたしばっかり」とか不幸を嘆きつつ、こなしていくに決まっている。

「わたしはそんな責任、負いたくありません」ときっぱり断るとか、「わたし、結婚しますよ。いいんですか」みたいな台詞を言い放つ（うー、言ってみたい！）なんて、とてもじゃないが、できない。

定収入の確保がすべてに先立つ、不景気チルドレンの悲しいサガである。

このように自己嫌悪スパイラルで落ち込む一方の美結に、バッド・ニュースの追い打ち。

バブル山元が結婚する。

山元の結婚発表は、朝礼の最後、課長の「山元さんから、ご報告があります」なる前振りで行われた。

抑えきれない笑みで口角上がりっぱなしの山元は同僚をズズイと見渡し、おもむろに口を開いた。

「このたび、わたくし、結婚することになりました。ですが、仕事は続けますし、社内では今まで通り、山元姓で通しますので、よろしく」

それだけでさっさと仕事に戻ればかっこいいのだが、山元はつかつかと優のデスクに近寄って、声をかけた。

「わたしの旦那になる人は六十五歳なのよ。年寄りと結婚することになっちゃったから、産休育休と同じくらい必要な介護休暇の可能性が視野に入ってきたわけ。わたしも女子社員初の課長補佐になったからには、少しでも待遇改善させるように頑張るから、いろいろと協力しましょうね」

美結は呆れかえった。

これまで、この二人はほとんど接触がなかった。それどころか山元は、子供が怪我をしたり病気をしたりで優が仕事を抜けなければならないとき、気遣いを示すどころかあからさまにため息をついて、いじめていたのだ。

優は、「頼りにしてます」と大人の対応で受け流したが、美結は収まらない。

意気揚々と引きあげる山元の背中に、視線の刃を投げつけた。立派なことを言っているが、「結婚するわたし」「そのうえ、昇進するわたし」自慢にしか聞こえない。

まあ、背中へのひと睨みくらいじゃ、鬱憤晴らしにもならないけど。とにかく、仕事しよう。働いて、給料を稼ぐのよ。お金はなによりの心の慰め。

そんな風に自分を慰めつつ、立ち上げたパソコンに山元からの社内メールが飛び込んできた。

『お願いがあるので、ランチ付き合って。おごるよ』

山元のデスクに目をやると、ひらひらと手を振っている。仕方なく『了解しました』と返信した。

そのランチの席で、披露宴で後輩ＯＬ代表としてスピーチするよう、命じられた。

なんなの、この展開。わたし、何か悪いことしました!?

美結は神様に食ってかかった。心の中で。

2

山元の夫になる男、広川は六十五歳。そのうえ、バツイチ。金持ちでもない。

「結婚相手としては、もっとも望ましくないタイプよね。でも、気が合っちゃったのよ。年だからって、必ず要介護になるわけじゃなし、なったとしてもそれまでの間、楽しく過ごせればいいやって、気持ちが固まったの。この人と一緒に暮らしたいと思っちゃったからね」

八百円のパスタランチでかくのごとき惚気《のろけ》を聞かされた挙げ句、スピーチをやれと言われた。これは、災難である。

「どうして、わたしなんですか。後輩なら、優さんのほうが年上なのに」

「あー、彼女はね、披露宴を予定してる週末は子供がらみで忙しいから欠席したいって知らせてきた」

逃げたな。口実があって、羨ましい。

「でも、わたし、どっちにしろ、最初から才川と決めてたのよ。主任になるし、シングルのままで働き続ける可能性も高い。いかにも、わたしの後釜《あとがま》って感じじゃない」

そう言って、山元はパスタをチュルンと吸い込んだ。

なんで、あんたはいつも、人が一番言われたくないところを平気で突いてくるの？

「わたしと山元さんじゃ、キャラがまるで違うじゃないですか」

怒りの勢いでパスタを早々にたいらげた美結は、反論に移った。

これは、仲間同士の楽しいランチタイムではない。美結には珍しく闘志を示したつもりだが、山元はへのかっぱである。

「キャラは違っても、展開は同じだと思うよ。アラコちゃんは母親になるし、筒見はOLを長く続けるタイプじゃないもの。あの子は自営業者と結婚するか、自分で店を開くか、そんなことになると思う」

言われてみれば、確かに遙佳には小さなショップの店長が似合いそうだが、それでも決めつけられると腹が立つ。

「わたしだって、いつまでも働き続けたいなんて思ってないですよ。それなのに、山元さんの後釜に指名されても……」

迷惑です！　と、心の中で叩きつけた。

「そうムキにならないでよ、才川。スピーチ頼んでるだけじゃない。後釜云々《うんぬん》は、つい口が滑っただけのことなんだから、そんなどうでもいいところにひっかからないでよ」

山元はケラケラ高笑いした。

「でね」と、披露宴プランを語り始めた。

「どうせなら、来た人に楽しんでもらいたいのよ。結婚披露宴って、喜んでるのは本人たちだけというのが普通でしょ。それは絶対、イヤ。来なかった連中があとで悔しがるような、後々の語りぐさになるような、楽しいパーティーにしたいのよ。だって、バブルと団塊の結婚よ。それだけで、冗談みたいでしょ」

いやあ、ベストカップルだと思いますよ。美結は、そう言いたい。結びつくのが当然とさえ思える。さぞかし波長が合うでしょうよ。

「スピーチは三分間くらいのもんよ。そんな大事《おおごと》じゃないでしょう。だからって、三分間スピーチの例文をネットで調べて、そのまんま使おうったって無理だと思うわよ。なんたって、花嫁、四十五だからさ。アハハ」

自虐ネタも、結婚する立場なら楽しく使えるだろうさ。

「才川も何を言えばいいのか困るだろうから、ちょっと考えてみたのよ。ほら、これ」

バッグから出したメモを渡された。

『ワーキングウーマンとして頑張ってこられた姿を見て、結婚するおつもりはないと思っておりましたので、最初は驚きました。ですが、今日、広川さんと並んでおいでのところを見て、なるほどお似合いだと納得しました。わたしはシングルですが、いくつになっても出会いはあるのだと証明してもらって、励みになります。これからは幸せを見せつけて、ミドルエイジ・マリッジの手本になってください』

なに、これ。くしゃくしゃ丸めて、放り投げたい。

「ミドルエイジ・マリッジって、わたしが思いついたんだけど、使っていいわよ」

冗談じゃない。

「これ、そのまま、わたしが言うんですか」

思わず声音に、ノーが滲《にじ》んだ。山元はさすがに、「あくまで参考よ」と引いてみせた。

「スピーチを考えるのも面倒だろうから、楽にこなしてもらいたいと思って、書いてみただけよ。もちろん、才川が自分の言葉でやってくれて、いいのよ」

それなら、こうなる。

『選り好みしているうちに四十過ぎてしまったバブル女が、何が何でも結婚してやると獰《どう》猛《もう》になって、なんと二十も上の、妻に逃げられた団塊オヤジをひっつかまえたのです。婚活というものはなりふり構っていられなくなる前にするべきだと、大変勉強になりました。お二人ともあとがないので、いずれ始まる老老介護生活においても頑張ってください』

これなら喜んで言うけど。でも、まさかね。

「才川がシングルだっていうのは、言ったほうがいいと思うよ。縁はどこに転がってるか、わからないからね。広川さんのほうの招待客は、今の才川には未知のフィールドから来るわけだからさ。思わぬ方向から、うちの息子にどうかとか縁が転がり込んでくるかもしれないもの。他人の結婚式に出る楽しみは、新たな出会いくらいしかないでしょ。それにね」

山元はテーブルの上に身を乗り出し、わざとらしい小声で言った。

「野々村くんと隣り合わせになるよう、テーブル・セッティングしたから」

「！」

思わず息を呑《の》む美結の目前に、山元の心得顔が。

なんで⁉

見透かされた恥ずかしさが、一瞬で怒りに反転。

わたしがいつ、あなたに、そんなことしてくれって頼みました？

そう言いそうになるのをグッとこらえたが、眉間にしわは寄った。

「野々村さん、来るんですか」

仏頂面で訊くと、頷いた。

「ご招待メール出したら、出席って返事してきたわよ。二、三回デートした仲だし、弟分だと思ってるのかもね」
二、三回、デートしただと⁉
「だから、才川、ドレスアップしなさいよ。パーティー用の服、ちゃんと持ってる？」

「それは、まあ、一応……」

「冠婚葬祭どちらもいける」が触れ込みのブラックフォーマルなら、持っている。黒の半袖ワンピースにヘチマ襟の上着のセットだ。

高校のクラスメイトの中で一番早く結婚した友達の結婚式に、それを着ていった。二十二歳のときだ。

黒のワンピースにスカイブルーのショールをまとったのだが、おしゃれ心のない美結にもわかる野暮ったさが恥ずかしかった。他の友人はおおむねパステルカラーのサテンのミニドレスに、ラメ入りのストッキングでキラキラさせていた。

いくら地味好みでも、野暮はイヤだ。

これに懲りて、結婚式用の一張羅は用意しておくべきだと思った。そして、デパートで上から下までレースが重なり合うベージュのワンピースを買った。キラキラしたところがなくても、上品でゴージャスな雰囲気がある。

購入後、すぐに別の友人が結婚した。その披露宴で美結もパーティーファッション・デビューを果たしたのだが、バッグのジッパーや爪がレースにやたらひっかかって、ひきつれやかぎ裂きを残した。

加えて、その二回の披露宴参加で、女は他人の服装チェックをする生き物だと思い知った。ゆえに、共通の友人が多い披露宴が重なると同じものを着ていくのは気が引ける。そんな女心にも目覚めた。

あーあ、お金はかかるし、羨ましいし、友達の結婚式くらい面白くないものはないな。などと憂鬱になったものだが、類は友を呼んで仲良しがみんな結婚しそうにない女なのか、この年まで披露宴に出席したのは、ブラックフォーマルのアレンジとベージュの一張羅、そして和服で臨んだアラコの式の三回だけだ。

実はアラコのとき、ベージュのワンピースを着ようと思って引っ張り出してみたのだ。するど、ところどころ黄ばんでいた。かつ、全体にきつくて、ジッパーを閉めるのに息を止めなければならなかった。細身に生命をかけるスカーレット・オハラなら踏ん張るだろうが、美結は早々にあきらめた。

第一、鏡に映る姿が美しくない。すごく、くすんで見える。これを買ったのは、二十三歳のときだ。落ち着いたベージュが肌に溶け込んで、輝いて見えた。でも、二十代もどん詰まりの今、色あせたドレスを着たら、まんま「売れ残り」である。

そんなこんなで、美結には披露宴に着ていくものがない。

どうすれば、いいのか。美結が途方に暮れるのを見込んだかのように、山元がスマホの画面を見せた。

ピンクのミニドレスを着て小首を傾げる、まだ十代くらいにしか見えない女の子の写真だ。

「わたし、結婚式は文金高島田、披露宴でウェディングドレス着るんだけど、両方レンタルよ。これ、そのショップで扱ってるゲストドレス。靴とバッグもセットで五千円」

「うーん」

首をひねりながらも、山元の指がするするとめくる画面から目が離せない。

「どれなら着てみたいか」と考えている、乙女な自分に驚いた。

美結の興味を読み取った山元が、たたみ掛けた。

「こんなちっちゃい画像じゃ、らちがあかない。やっぱり試着しなきゃ。今週、帰りがけにウェディングドレスの打ち合わせに行くことになってるから、才川、一緒に来て試着してごらんよ。ノー残業デイの水曜の夜、どうせ暇でしょ、彼氏いないんだし」

「！」

「あ、ごめん。言い過ぎた」

山元は首をすくめた。

「才川、思ってること顔に出るから、わかりやすいねえ」

わかりやすい？

課長には、不満を見抜かれなかったぞ。もっとも、男は女の顔色を読む能力皆無だけど。

「ね。行こう。あとでお寿司、おごるわよ」

言い過ぎのお詫《わ》びか、それとも単に結婚で浮かれた余波なのか、寿司をおごるというのなら、付き合ってやろうじゃないか。

またしても山元の言いなりにされる屈辱を、寿司で相殺するしかない哀れなわたし……。美結はうなだれた。

だが、その心のさらに下では、「野々村開が隣に座る(だから、どうだっていうんだよ!)」「アピールしなければ(何を今さら)」「女の子っぽいドレスも着てみたいし(そりゃ、まあ、一度くらいはね)」と、欲望がらみの自分突っ込みがじゃんじゃん渦巻いているのである。

3

かくて、試着の日。

少女漫画みたいなヒラヒラのドレスだらけの店に、美結は生まれて初めて足を踏み入れた。

フィッティングルームはカーテンで仕切られた更衣室だけでなく、コーヒーテーブルを備えた三人は座れるフカフカのソファと、ドレスがずらりとぶら下がるキャスター付きのパイプハンガーがあり、かつ、アドバイザー(店員とか売り子と呼んではいけない)とアシスタントが動き回れる広さがあった。

普通のブティックと「うちは違いますのよ」的ゴージャス感のアピールが、ちょっとウザい。

そこで、ソファにでんと腰掛けた山元の指示で、美結は着せ替え人形と化したのだが——むむ。楽しくないと言えば嘘になる。

しかし、仏頂面は変わらない。次から次に現れるベタなパステルカラーに、どうも気分が乗らないからだ。

山元は、ピンクでウエストから下にフリルが重なるミニドレスを「いいんじゃない?」と勧めた。だが、美結のへの字口を見て、すぐに意見を変えた。

「けど、披露宴のゲストドレスはピンクだらけになるものだから、埋没する可能性が高いな。プリントのドレス、どうかしら」

アドバイザーは「ございますとも」と、アシスタントに目配せ。すぐにプリントドレス満載のハンガーがごろごろと運ばれてきた。

パーティーといえば飲食持ち寄りホームパーティーしか知らない不景気チルドレン美結には、別世界である。

だが、こちらには目を引くドレスがあって、思わず手に取った。すかさず、アドバイザーにカーテンの中に連れ込まれ、またたく間に着せつけられた。

黒地にアネモネがプリントされている。赤い花びらと緑の枝葉が、黒に映える。その色合いが和服を思わせるのが、美結のツボにハマった。スクエアカットでウエストをしぼり、そこからAラインのスカートが適度のふくらみを保って膝下まで広がっている。若い頃のオードリー・ヘプバーンが着ていたような、オーソドックスなデザインだ。生地の質感からして、これまでのテラテラした安っぽさがない。

「シルク・オーガンジーですのよ」

アドバイザーが、指先で恐る恐る生地を撫でる美結に言った。

「やっぱりねえ。ポリエステルのあとで見ると、違いは歴然ね」と、山元が付け加える。

美結は心から同感した。というか、教えられた思いだ。

シルクはあえて避けてきた。高いし、手入れが大変だからだ。だが、買わずにいられたのは、着ていく場がなかったからだ。着ていく場に赴く気合いがなかったからだ。

「インポート物なんですのよ。しかも、ヴィンテージ」

要するに古着でしょ? だが、美結はこのドレスが好きだ。

「これですと、一泊二日で一万三千円になります」

一万三千円。一度、着るだけで?

しかも、ノースリーブで胸元も背中もかなりあいているのが、気になる。海水浴以外の公の場で、ここまで肌を見せたことはない。

美結はブラウスのボタンさえ二つ以上開けたことがない、ストイック乙女である。肌見せには、自意識からの強い警告が出た。

そこは譲るなよ！　そもそも外国人仕様のドレスを日本人のおまえが着たって、似合うわけないいんだ！

そうだ。やめよう。実家に戻れば、母の着物がある。どうせ古着なら、そっちだって構わないじゃないか。

「ごめんなさい。わたし、やっぱり、こういうのは」

「どうして？　素敵よ」

山元の反論に、アドバイザーが熱心に同意した。だが美結は、心の両手で耳をふさいだ。

「和服にします。実家にありますから」

「ダメよ、そんなの」

山元がぴしゃりと言った。

「和服は、いつでも着られる。逆に、今じゃなきゃ着られないものがあるのよ。さっき着てたピンクやローズのだって、似合ってたわよ。つまらなそうな顔で着るから、すすけて見えるだけよ。着こなしは気合いよ。弾けなさいよ。若いんだから」

また、それだ。

若いんだから、こうあるべきだ。そうしないから、おまえはダメなんだ。

「そういう言い方、やめてください」

美結は言い返した。

「お客様、あの、お気に召さないのでしたら、どうぞ、お脱ぎになって」

アドバイザーが美結の背中を押して、更衣室に押し込んだ。逆上した美結が乱暴に動いて、ヴィンテージでインポートのドレスを傷つけるのが怖いらしく、「わたしがやりますから、じっとなさっててね」と、丁寧ながらきつい声音で命じた。

美結は恥ずかしくなり、「すみません」と小声で謝ったが、無視された。アドバイザーは慎重にジッパーをおろし、美結の足元に丸まったドレスを胸に抱き込むと、そそくさと外に出た。

「では、山元様のドレスのお直しのほうは」

「明日でいいかしら」

「かしこまりました」

そんなやりとりが聞こえる更衣室で、美結はばたばたと着替えをした。

正面の鏡に、グレーのクルーネックセーターとネイビーブルーのパンツを穿《は》いたおなじみの自分が現れた。

今じゃなきゃ、着られない服がある……か。

それを言うのが山元でなかったら、自分はここまで反発しただろうか。

人前で子供っぽく爆発した自分が恥ずかしい。このあと、山元がどんな態度に出るか、直面するのが怖い。だが、いつまでも閉じこもっているわけにはいかない。

情けない顔で出てみると、山元の顔に怒りの色はなかった。それどころか「お疲れ」と笑いかけて、美結の背中に手を回し、店の外に押し出した。

路上に出て、謝ろうと口を開けたが、山元のほうが早かった。

「じゃ、才川んち、行こう」

「うちへですか？」

「そうよ。このまま帰るわけにいかないじゃない。わたしの言い方がダメなら、どんな言い方がいいのか、差しでじっくり聞こうじゃないの。で、うちは今、引っ越し荷物やらなんやらで段ボールだらけだから、才川んち。才川は賃貸でしょ？」

極めて普通の質問なので、思わず「ええ」と答えていた。

「バブルでマズったのは、それなのよね。いつでも売れるなんて言葉にだまされて、買っちゃったのよ。結婚したら広川さんの家に移るから、マンションをどうにかしないといけないわけ。売るにしろ貸すにしろ、リフォームしなきゃいけないのよね。このまま維持したところでもはや資産価値はないし、頭が痛いわ。才川はバブル組は得ばっかりしてると思ってるだろうけど、つけは十分払わされてるんだよ、わたしたち」

「……そうなんですか」

だからって、見直したりしませんけどね。

「お寿司はまた今度ってことで、今夜は宅配ピザに変更ね。ワインはコンビニで売ってるのですませよう。才川はビールのほうがいい？　わたし、ビールは絶ってるのよ。太るから」

だから、なんで、あんたの指示に従わなきゃ、いけないのさ。

「わたし、そんな気分じゃないんですけど」

「よく言うわ。さっきの一言で終わりじゃないでしょう。それに、わたし、才川が知っておいて損はない野々村くん情報、持ってるのよ」

思わず、山元を凝視してしまった。

開のことはふっきろうとしている、はずだ。それなのに、気持ちが片付いてない。

「女は女同士だよ、才川。友達になりましょうなんて、言ってない。一晩だけ、本音トークしようって言ってるだけ。たったそれだけの付き合いもできないほどの子供か、あんたは？」

反論の言葉がない。この圧力を押し返す気力が、美結にはない。いいわよ。どうせ、わたしは長いものに巻かれる弱虫よ。

「……わかりました」

4

美結のすみかまで、山元の決定でタクシーを使った。

車内で山元はスマホ片手に最寄りの宅配ピザショップを調べ、マルゲリータと生ハム入りを時間指定で注文した。通りすがりのコンビニで赤ワインとビールも購入。

動きが早いのに感心する。思いつきで行動する癖がシステム化に至ったみたいだ。事前に計画しないと動き出せない美結が「あれよあれよ」と言っている間に、お膳立てができた。これでは、思い通りにされるほか、ない。

キッチンと寝室とリビング、そして狭いベランダ。彼氏を連れ込むつもりで借りた仮の我が家に、山元がいる。

ジャケットを脱ぎながら、さーっと周囲を見渡した山元は「きれいにしてるじゃない」と、友達ではない女同士が使う慣用句を口にした。

「あんまり物がないから、そう見えるだけですよ」と美結がかわしたところで、ピザが来た。

とりあえず、乾杯することになった。食べ始めると、「わりにいけるね」とか、どこそこに新しくできたスペイン風バールのランチがどうとか、当たり障りのない会話が続いた。

空腹を満たしているとき、戦闘的にはなれない。なんだか落ち着いてきたのが、美結は少し不満だ。まるで、山元と友達みたいじゃないか。

一段落したところで「さて、お腹も一杯になったことだし、話し合いといこうか」と切り出すのは、やはり山元である。

「まずはさっき、なんで切れたのか、説明してもらおうじゃないの」

「……それはその、若いんだから、こうでなきゃダメとか、若いんだから、ああしろこうしろっていうのが、すっごく腹立つんです。そんなの、好き好きでしょう」

「あら、わたしは才川が自分の若さを生かしきってないのがもったいないから、人生の先輩として、教えてあげたいと思ってるだけなのよ。さっきのドレス、ほんとに似合ってた。似合ってるのに着ないなんて、もったいないじゃない」

「そんなこと言われても、着てる本人が似合うと思えないんです。本人にその気がないのに、もったいないも何もないでしょう」

あら、すぐに口答えできるわ。自分の家だからか？　開き直ったか？

赤ワインのグラス片手に、山元が鼻を鳴らした。

「才川は、あれは向いてない、これは似合わないって言い訳して、チャレンジから逃げてる」

だから、その「アクティブじゃなきゃ、ダメ」的決めつけが腹立つんだってば！

「チャレンジとか可能性とか、そんな絵空事で簡単に跳ね回って、失敗したら取り返しがつかないシビアな時代を生きてるんですよ、わたしは。山元さんの成功体験は、参考になりません」

「まったく、もう。あんたらは、すぐそれだ」

山元は大げさに天を仰いだ。

「わたしから見れば、不景気二十代のバブル女恨み節は単なる八つ当たりよ。バブル女の言うことは聞く価値がないって、どうして決めつけられるの？　四十代と二十代と、どっちが人生経験積んでるかしら？　バブル女は年を取っても、二十代に教えられるような知恵は何にも持ってないと、なんで、あんたらにわかるの？　近頃の二十代女は、そこまで賢いの？」

美結は唇を結んだ。

反論できない。自分たちは四十代のバブル女より賢いなんて、とても言えない。

「年上の人間が上から目線でものを言うの、当たり前じゃない？　それを傲慢だって、年下の人間が言える？　謙虚であることを年上の人間に要求する態度は、傲慢じゃないの？」

えーい、口惜しいが、いちいち正論だぞ。

「そりゃね。わたしはその昔、確かにいい思いしたわよ。あのあとの世代が、長く続く不景気のせいで苦労したのは知ってる。自分たちと比べて、可哀想だなと思うわよ。だけど一番哀れなのは、バブルを恨むあんたたちのひがみ根性よ。あんたたちが女子力皆無でブスなのは、貧乏だからじゃないわ。ブーブー文句ばっかり言ってるからよ」

一気にまくし立てた山元は深呼吸して、大きく伸びをした。

「あー、スッキリした！」

クッソー。口の減らないバブル女め！

すでにして勝ち誇った感のある山元が、美結のグラスにワインを注ぎ足した。

「さて、才川の番よ。言いたいこと、あるんでしょう？　あんたは言いたいことをずいぶん抑えてるつもりだろうけど、顔に出てるからね。わたしにムカついてるの、見え見えだったわよ。怒らないから、言ってごらん。聞いてあげるよ。四十代も半分過ぎたバブル女は、二十代のヘタレに傷つけられても耐えてみせるわ」

「人生経験自慢するなら、二十代がどんなに傷つきやすくて立ち直りづらいか、どうしてわからないんですか」

負けてられるか。あっちが用意した本音のぶつけ合いだ。ここで黙ってたら、女がすたる。

「四十過ぎの山元さんは確かに、わたしなんかより、いろんなこと、よくわかってると思います。でも、言い方があると思います。自分はこうだったから、自分はこうしてきたから、同じようにしろって言われると、素直に聞けないんですよ。だって、山元さんのキャラが好きじゃないんですから。手本になりようがないです。それに、ダメねえって、すぐ言うでしょう。ダメだダメだって言われる身になったこと、あります？」

山元は薄く笑って、口を開いた。しかし、言わせてなるものか。美結は、思いきってたたみかけた。

「山元さんたちはバブルの頃、若い女というだけでもてはやされて、ダメ扱いされたことないでしょう。だから、基本、強気のキャラになれたんですよ。わたしたちは、違う。頑張らないと、何も手に入らない。頑張っても思い通りにならない。そんな不本意な経験しかできなかったんです。やっと就職すれば、上にバブルがいて、私生活の面までダメ出しされる。わたしたちには、自信が持てるようになるチャンスがなかった。いつもいつも、何かに頭を抑えられて、山元さんたちみたいに無邪気に、自分や未来を信じられないんです。それなのに、自分たちがこうやって成功したから、あんたたちも同じように考えて行動しろって言われるのがどんなに腹立つか、わかります？　山元さんは無邪気というより、無神経なんですよ！　人の痛みがわからない、鈍感で思いやりがない、自分が大好きで自分にしか興味がない、自己チューのクソババア！」

山元が目をむいた。

おっと、暴走した。

「その、クソババアは言い過ぎでした。山元さんはまだ、おばさんの段階です。訂正します。傍若無人の図々しいおばさんです」

山元は頷いた。

「言ったねえ。スッキリした？」

スパッと訊かれて、上目遣いになった。

「……わかりません」

「わたしが、それは失礼しました、ちっとも気がつかなくて悪うございましたって頭下げたら、スッキリする？」

そんな気、サラサラないくせに。美結はつんと顎を上げた。

「頭下げてもらえます？」

「まさか」

ほーら、ごらん。鼻で笑いやがった。

「あんたたちには同情するよ。でも、なんで、わたしたちが謝らなきゃいけないの。バブル崩壊後の景気低迷で苦労したのは、わたしたちだって同じよ。そうでしょう。バブル世代だけ影響を免れたなんて、あるわけない。いい思いをしたんだから、反動で苦労するのは当然だ、むしろ少しでもいい思いができたんだから、その後の好景気知らずの世代に比べたらずっとラッキーだ、とか、そう思ってるんでしょう。だけどね。若いとき楽でいい思いしたのに、あとは転落の一途っていうのと、若いときからずっときつかったけど、その後よくなるのと、どっちがいいと思うわけ？」

「……」

「もし、今の好況感がプチ・バブルでまたぞろ不景気に戻るとしても、不景気慣れしたあんたたちは、どん底まで落ち込んだりしないと思うよ。どうなの。このまま、再び右肩上がりでバブルの再現があると思う？」

「……思いません。警戒してます」

「でしょ。わたしたちが基本、強気だというなら、若いうちに苦労したあんたたちは、基本、性根が強いのよ。だから、自分を曲げられない。わたしたちは、状況に合わせて、ひょいひょい自分をアレンジしてきた。そんなの、朝飯前よ。でも才川は、自分でこうと決めたことは、変えない。意地っ張りよ。我が強いのよ。自分大好きなのよ」

「そんなこと、ありません！　わたし、自分が嫌いです！」

あー、言ってしまった。

大嫌いな人間の前で、誰よりも自分が嫌いだと告白してしまうなんて。

「じゃ、違う女に変身すれば？」

山元はこともなげに切り返した。

「手っ取り早く、ドレスアップで変身」

「……そこに、落とすんですか」

脱力。

「そりゃ、才川は欠点だらけだけど、長所もあるじゃない。自分で欠点ほじくり返してばかりいるから、嫌いになるのよ。あんたって、もしかして、完全主義者なんじゃない？欠点のある自分が許せないとかさ」

「そんなこと」

ありませんと、言えるのか？

「ま、どっちでもいいけどさ。女は誰でもシンデレラよ。きれいになったら、気分もあげあげ。こういうお気楽なこと言うのが、気に入らないのよね、あんたたちは。だけど、本当のことよ。才川、絶対、きれいになるよ。もとが悪くないんだから」

ふくれっ面になった。できないはずの、子供っぽいふくれっ面。きれいだの、もとが悪くないだの殺し文句でころりと機嫌がよくなったのが、恥ずかしい。

「才川がドレスアップして現れたら、野々村くん、驚くよお。おそらく、初めて彼の脳細胞に、才川のことが刻み込まれるね」

「……」

クソ。今の言葉が、美結の脳細胞に刻み込まれちゃったじゃないか。そして、さっきまで渦巻いていた怒りと憎しみと自己嫌悪と、そこらへんのグチャグチャした黒い塊がすごすごと消えていく。

そんなの、あり？　おまえたち、暗黒軍団のパワーはその程度か？

屈折する美結の耳に、山元が親しげに囁《ささや》いた。

「野々村くん、彼女いないよ。もう、がら空き」

それは知ってますよ。本人に聞いたから。

「そうらしいですね。だから、親御さんが婚活してるそうです」

そこまで言ってしまった。こんな風に、他人の個人情報を弄ぶ噂話を軽蔑してるのに。

そこまで墜ちたか、美結よ……。

すると、山元はこともなげにこう言った。

「だからさ、才川次第よ」

え――――っと。

それ、どういう意味？

理解できないことを言われたときの反応で、美結はぽかんと山元を見つめた。

「才川、野々村くんとメアド交換した？」

「いいえ」

「なんで?」

「……きっかけがなくて」

「ないこと、ないでしょ。野々村くんからアプローチが来るのを待ってるんじゃない?それだったら、百万年経っても無理よ。あんなぼんやり、才川のほうからどんどんつつかなきゃ、一歩も動かないよ」

美結は、恨めしげな目になってしまった。恋愛下手なのは自覚している。

「野々村さん、飲みに行かない?」

山元は可愛らしい作り声で、しなを作ってみせた。

「これでいいのよ。実際、わたしはそう言っただけで、ついてきたよ。彼がわたしに気があるからじゃない。断る理由がないから、ついてきたのよ。そういう男よ。アドレス教えてって言えばいいのよ。顔なじみに言われて、断る人いないでしょう。常識路線よ。それで、なんだかんだメールして、彼の日常に食い込むのよ」

「でも、ウザがられたら……」

あらら、相談してるみたい。

「やってみなきゃ、どうなるかわからないでしょう。なんで、結果をひとり決めするの」

だから、それは——癖なんです。根性なしで弱虫だから、自信がないから、悲観的にしかなれないから……。

「わたし、思うんだけどさあ」

山元の声が、うつむいた美結の頭上に降ってきた。

「振り向いてくれないか、と指くわえて待っていられる程度ってことはね。才川、彼に対して本気じゃないんだよ」

「!?」

思わず、山元を見返した。

そんな発想は、したことがない。開が自分をどう思っているか、気を回してばかり。そして、なんとも思ってないとわかってガッカリしたのだ。自分の気持ちを疑ったことはない。

だが、本気じゃないと言われると、そんな気も――ていうか、本気って、どんな感じなの？

声にならない疑問が顔に出たようだ。山元が得意げに答えた。

「本気なら、そんな悠長に構えてられないよ。野々村くんは、才川のアクセルを踏ませるほどの男じゃないんだよ」

えーい、なんなんだよ。自分の気持ちまで、山元に決められて、いいのか？

「……そうでしょうか。運命の相手は一目でわかる、なんてのはおバカなロマンス願望で、そんなこと言ってたら、一生シングルで終わっちゃうような気がして」

うわーん。山元に打ち明け話、してるよお。

「だけど、まだ三十前じゃない。子供は三十代でもなんなら四十代だって産めるんだよ。卵子の劣化が心配なら、冷凍保存すればいいんだし。二十代のうちの冷凍保存は政府だって奨励してるんでしょう。わたしはそれにはもうアウトだけど、才川はギリで間に合うじゃない」

「そうなんですか？」

ほらほら、山元が調子に乗っちゃったよ。上から物言うの、大好きなんだから。

ムカつきたいところなのに、山元が口にするのは、美結のうるさい自意識が決して言わない甘い囁きなのだ。

「やってみたら、なんだって簡単なことなんだよ。卵子の冷凍保存ができる時代になってるんだから、やればいいじゃない。そうしておいて、アクセル踏ませる男の登場を待てばいいのよ」

「待てばいいって、待っても来なかったら」

「だから、それが考え過ぎなんだってば。わたしを見なさいよ。四十五で、来たよ。あ、そうか。わたしが例じゃ、イヤなのか」

「そんなこと、ないですけど」

「広川さんは、才川にとっては、悪夢のようなオヤジでも、わたしは好きなのよ。四十五まで待って、あんなんじゃイヤだって思ってるんでしょうけど、それは才川の基準。わたしは違う。才川もそう言ったじゃない、わたしとあなたは違うって」

「……」

「野々村くんの趣味、知ってる？」

美結は、力なく首を振った。

今まで交わした開との会話は、仕事を巡る雑談だけ。彼が自分のことをしゃべらないからだ。その、「俺が」「俺は」がまったくないところが気に入っていた。おかげで、個人的なことを何も知らない。訊く勇気もなかった。

ところが、初めて聞いた個人情報が例の「親任せの婚活」だ。

山元は彼の趣味を知っている。聞き出したのだ。負けた……。

「彼はね、オタク仲間と手作りロボットで遊んでいれば幸せな子供よ。恋愛欲、まるでなし。そういうところが才川のツボなんだろうな」

その通りです。ますます、うなだれる。バブル女に見透かされた。

「だから、才川がリードしなきゃ、何も始まらないよ。けど、才川、男をリードするなんて、めんどくさいんじゃない？」

違う。そんなこと、恥ずかしくてできないんだよ。近づきたいと思うぶんだけ、なぜか遠回りしてしまう意気地なしなんだよ。なんて、言えるか。

「そういうところ、女子力がないって、わたしは言いたいけどさ。でも、女子力なくても、別にいいんじゃない？　一人で生きるのが、才川は好きなのよ」

「そんなこと、ありません！」

つい感情的になって、強く否定した。一人で生きるのが好きだなんて、ひとりよがりの極致じゃないか。美結はそう思っている。だから、そうかもしれない自分と戦ってるのだ。

「そうかな。一人でいるのがイヤなら、もっとガツガツしてるでしょ。でも、才川はガツガツするのがイヤなんでしょ。だったらさあ、ガツガツせずにすむ生き方すれば、いいじゃない。それはそれで、かっこいいよ」

「だから、そういう言い方……」

「ガツガツしたくないよ。当たってるよ。でも、そのせいで孤立するのはイヤ。イヤなのに、どうしてもガツガツできない。

ダメなんだよ、わたしは。

「なんで、泣くのよ」

山元の声がする。

え？　わたし、泣いてる？　ウソ。泣いてませんよ。鼻水、出ただけよ。

美結はティッシュを引き寄せ、音高く洟《はな》をかんだ。

「わかった、わかった。カップルになりたいんだね。だったら、披露宴で頑張りなさい。ああいうアニメ脳の男は、デコルテ、背中、うなじ見せ見せのドレスドレスした服でようやく、おしゃれしたんだなと認識するの。それくらいしなきゃ、スルーされるわよ。だから才川、根性据えてドレスアップしなさい。ちゃんと美容院に行って、髪はアップ、イヤリングもネックレスもつける。エステに行って、背中とデコルテも磨く。そうしたら、きれいになるんだから。才川、きれいになるのが怖いの？」

「まさか、そんな」

怖いのは、表に出してこなかった自分が白日のもとにさらされることだ。ひがみっぽさ。俗っぽさ。愚かさ。いじましさ。根拠のない優越感と背中合わせの劣等感。

自信がない。自分の中には、半端なものしかない。そのくせ、誰にも支配されたくない。自分を押し通したい。正当化したい。一目置かれたい。そんな他人と協調できないエゴまみれの正体がバレるのが、怖い。

だから、屈託なく自分を主張できる山元が羨ましく恨めしく、憎らしいのだ。

素直になりたい。無邪気になりたい。怖がらずに、普通にすいすい歩きたい。欲しいものがあれば、すっと手を伸ばしたい。

5

無邪気になれない。夢を持てず、現実的で、かつ悲観的。

それは不景気チルドレンのせいだと思ってはいるが、同世代の中でも美結は浮いている。

育った時代が同じでも、共有できるものがあまり、ない。考えてみれば、同世代と共感できるポイントは「バブル女憎し」だけなのかもしれない。

その話題になれば、話がいくらでも盛り上がった。みんなの中に入れた。

けれど、それ以外の事柄となると、話を合わせるのに疲れてしまう。ひとりぼっちになりたくないのに、人との交わりにうんざりする。

いくつもの未発達なピースに分裂した自分がビートルズを聞くと、なぜかスーッとひとつにまとまる。

つげ義春や永島慎二《ながしましんじ》の漫画でも、同じことが起きる。『俺たちに明日はない』とか『明日に向って撃て!』を見ると、自然に泣ける。カラオケで歌うのは、荒井由実《あらいゆみ》時代のユーミンと中島《なかじま》みゆき(ビートルズは歌わない。なぜか歌えない)。

なんで、こうなんだろうなと昔から疑問だった。生まれた時代を間違えたんじゃないか、昭和生まれの霊に乗り移られてるんじゃないかとまで、思った。

ずーっと、ずーっと、この世界になじめないでいる。他人のように自分をいたぶる自意識に引きずり回されて、抵抗できない。

こんな状態、不本意だ。

自分が自分のものじゃない。何かを感じるたびに、「何、それ」と逆の方向から突っ込みが入る。

山元は、開をリードするのがめんどくさいのだろうと言ったが、違う。このわたし自身が、めんどくさいヤツなのだよ。

自分という曲がりくねった迷路から、わたしは出られないのか？　それとも、自分を守るのが最優先で、そのために他人を拒否して自ら閉じこもっているのか？

それじゃ、実家暮らしの兄より始末が悪い、本物の引きこもり女だ……。

答えが出ないまま、時は過ぎる。不本意をひきずって淡々と流れる日々に、ひょいと知らせが届いた。

十一月に東京ドームで行われるポール・マッカートニー来日公演のチケットがとれたのだ。

両親と美結、三人並びの席だ。実家に電話して知らせると、母親が「キャー」と叫んだ。

「ほんと？　わー、夢みたい」

ネットで来日情報を知ったとき、美結は父と二人で行くつもりで実家に電話をかけた。すると、横でやりとりを聞いていた母が、「わたしも行く。三人分とって」と言い出したのだ。

そういえば母は、父と旅行がしたいのに出不精で困ると嘆いていた。ポール来日は、夫婦で出かける願ってもないチャンスだ。

美結は母のために、予約殺到で抽選なんてことにならないように祈った。くじ運がない美結だけに抽選になったら、絶対、アウトだ。

そこまで考えていた。悪い予想は、美結の持病だ。

しかし、とれたのだ。

母の喜びようが、美結には嬉しかった。単に先行予約の手続きをしただけなのに、親孝行をしたような気分になれた。

コンビニでチケットをプリントアウトし、実家に持っていくと、母は二枚のチケットを備忘録用コルクボードにしっかり留めた。少し後ろに下がって、いつまでも見つめている。その様子に、美結の胸がきゅんとなった。

「本当は、お父さんと二人だけがよかったね」

そう言うと、母は美結を振り返って首を振った。

「ううん。お父さんと美結と三人っていうのが、いいのよ。少女の頃の自分に、あなたは四十年後に旦那と娘と一緒にポールの公演を見に行くよって教えてやりたい。ポールと、わたしとお父さんと美結が同じ場所にいる。なんて言うのかなあ。なんだか、すごいことのような気がする。別に、普通なんだけどね。七十過ぎて、はるばる日本まで歌いに来てくれるポールがすごいんだけどね。とにかく、お父さんと美結と一緒なのが、嬉しい。ここまできた人生を祝福されてるみたいな？」

大げさな物言いをした母はテヘへと照れ笑いした。

兄びいきだと思っていた母が、自分がいるのが嬉しいと口に出して言った。美結も照れてしまった。

そして、やっぱり家族って、いいなと思った。

父は例によって、自分の部屋でビートルズを聞きながら、なにやら書き物をしていた。パソコンは使えるが、手書きで日記などを書いている。万年筆を使うのが好きなのだそうだ。

チケットを持ってきたことを告げると、「ああ、ありがとう」とだけ言った。母に比べると、ずいぶん冷静だ。面白くない。

「お母さんはすごく喜んでるのに、お父さんは平気そうね」

文句をつけてやった。

「いや、嬉しいよ。ただ、ピンとこなくてね。そのときになったら、興奮も感動もするよ」

「そう言えば、お父さんが興奮や感動したところ、見たことないな」

「家でダラダラしてるところしか見てないからだろう。どこの家でも親父は影が薄いもんだ」

「……そうね」

プレイヤーから『All my loving』が流れている。美結は若きポールの声に合わせて、口ずさんだ。

「わたしがビートルズファンなのはファザコンだからだって、よく言われるよ。全然、違うのに」

「そりゃ、悪かったね」

あら、珍しい軽口。珍しすぎて、反応に困ってしまう。

「……お父さんは、美結がビートルズを好きになってくれたのが、嬉しかったよ」

父はノートに目を落としたまま、照れくさそうにぼそりと言った。

「父親っていうのは女の子のことはわからないから、親子の実感みたいなものがなかなか持てなくてね。だから、娘が自分と同じものを同じように好きになると、やっぱり、似ているところがあるんだな、と、こう、嬉しいんだ」

そんな風に思ってたの……。

知らなかった。わからなかった。わかろうとしてなかった。

ただ、自分の性格は社交的な母より閉じこもりがちな父似だと思っていただけだ。人付き合いがうまくやれないと、どうせなら明るくて開放的な母に似ていたかったと、天を恨んだ。

でもね。それは、八つ当たり。

わたしは閉じこもっているのが、わりと好き。だから、これでいいんだ。

美結は立ち上がり、ＣＤを入れ替えた。『抱きしめたい』が流れる。父の足がリズムを取るのが見えた。

「原題の『I want to hold your hand』って、手を握りたい、だよね。どうして邦題では『抱きしめたい』にしたんだろ」

「そっちのほうが、印象が強いからだろう。ビートルズの登場は衝撃的だったし、不良のイメージだったから、売る側の戦略だったんだろうな。楽曲のイメージは、『抱きしめたい』のほうが合ってるしね」

「そうか。イメージ戦略か」

納得。

だって、この歌詞、改めて読んでみると、すごくおとなしい。お願いだ。手を握りたい。きみの彼氏と呼ばれたい――おずおずと、そう訴えている。ビートルズの日本で最初のヒット曲は、自信のない、臆病な若い男の切ない願いを歌っているのだ。

ビートルズが好きなのは、昭和生まれの霊に乗り移られたからじゃない。そこに、自分がいるからだ。うまく言えないが、自分の原型みたいなものが歌の中にあって、美結を呼んだのだ。思惑も意図もなく、出会うべきものに出会った。

ガツガツするのが嫌いなら、するな。そんな生き方もあるんだ――と山元が言った。そうかもしれない。わたしが本当に望んでいるのは、ひとりぼっちを怖がらないわたしになること、なのかもしれない。

ひとりぼっちでも、この世界にはちゃんと居場所がある。そこには、開閉自由の窓がある。鍵は、ない。取っ手があるだけ。

窓を開けたら入ってきた気持ちのいい風に吹かれるように、自然にビートルズを好きになった。そんな風に、遠くのどこか、見知らぬ誰かと、いつか結びつく。それを願って、信じて、待っていても、いいのかもしれない。

「かもしれない」「かもしれない」ばっかりだけど、「それは無理」「それはダメ」で自分を閉じてしまうより、ずっといい。

憧れが、窓を開ける。愛への憧れが。自分の中にあるそれを、美結は信じることにした。

ポール・マッカートニー来日公演の前に、美結には披露宴スピーチというイベントがあった。

一回こっきり着るために一万三千円を払うという蛮勇を奮ったからには、怖いものなしだ。エステにだって、行きましたさ。美容院で髪を結い上げ、本格メイクも施して、あっぱれ、きれいになっちゃいました。

それもこれも、これを言うため。美結は手書きのメモを読み上げた。

「里佳子さんはバブル女です。いつまでもイケイケの自分大好きで、欲張りで、こうしたいと思ったら人の迷惑顧みず、主張を通します。わたしは会社の後輩として顎でこき使われて、ずっと、里佳子さんを敵視してました。ああなりたいどころか、素敵だと思ったことも一度もありません。でも、この結婚で見直しました。広川さんは失礼ですが、お年です。どんどん年を取っていかれます。里佳子さんはこの先、好き勝手ができなくなるでしょう。それでも、結婚なさった。そうしたいから。後先見ずに欲するところを引き寄せる獰猛《どうもう》なパワーは尊敬に値します。臆病なわたしは、学ばなければと今、思っています。里佳子さん、どうぞ幸せを見せつけて、わたしを悔しがらせてください」

頭を下げた。拍手が湧いた。同じテーブルのアラコが親指をそっと突き出し、遙佳はクスクス笑っている。開は、ぽかんとしていた。

彼は、わかりやすくドレスアップした美結を見たときから、ぽかんとしっぱなしなのだ。

「見違えたよ」「きれいだね」くらい、言えんのか、ボケ男め。だけど、そういう間抜けぶりが、やっぱり、好き。好きだけど、結婚したいかどうか、わからない。

結婚しないのも、あり。この頃、そう思い始めた。このまま一人で生きるのが、美結の一番好きな生き方かもしれない。我が強い、つまり、芯が強い。強く生きていける証拠だ。自分を譲れないなら、譲らずに生きるので、いい。

母親にならないのは、ちょっとアレだが、子供を産まなくても母親のように人を愛し、いたわり、助け合って生きていくことはできる。

愛こそ、すべて。そこは、はずさない。結婚しなくても、ラブ・イズ・イン・マイライフ。

と、白いドレスの山元がすっくと立ち上がった。司会者にマイクを要求し、大声で言った。

「ただいまスピーチしました才川はシングルでございます。澄ましてますが、焦っております。誰か、結婚してやってください！」

まったく、もう！

バブル女は、やられっぱなしじゃおかないってか。

まあ、いいさ。今日はあんたが主役だ。勝ちを譲ってやる。

美結は、山元にニッコリ笑いかけた。

美結をイラつかせ、ムカつかせ、こづき回す敵は、バブル女じゃない。人生について、自分について、まだ何も知らない、この若さが仇《あだ》なのだ。

それがわかったぶんだけ、大人になれた。

『抱きしめたい』は、いいタイトルだ。手を握りたいとお願いする言葉の奥から、「本当は抱きしめたい」熱い思いが溢れ出す。

言葉にできない。でも、思ってる。

おまえを抱きしめたい。それが本当の気持ち。

臆病だから遠回りしたり、身構えたり、ごまかしたりしてしまうけど、本当の気持ちは消えない。ずっと消えない。叶うまで。

抱きしめたい。

そう思ったら怖がらず、両腕を広げて抱きしめる。自分を。誰かを。そして、世界を。
そんな自分に、いつかなる。と、思う。
もういくつ寝ると、お正月。年が明けたら、二十九歳。
それが、どうした。ドンと来い。

解説

リアルすぎる！　世代間ギャップ

世代・トレンド評論家（マーケティングライター）牛窪《うしくぼ》　恵《めぐみ》

「バブルvs.ゆとり」「好景気女子vs.ロスジェネ、アラサー女子」……。

これまで何度そんな特集が、テレビや雑誌、ウェブ媒体で組まれただろう。

私は、本書の主人公の一人・里佳子《りかこ》と同じ、四十代の「バブル世代」。世代・トレンド評論家を名乗り、消費者へのグループインタビューなどのお仕事で日々さまざまな世代の男女と接する。近年は、「アラサー世代の部下との付き合い方」や「バブル上司の考え方」などのテーマで講演させていただく機会も増えた。

自分で言うのも面映《おもはゆ》いが、いわば〝事情通〟ならぬ〝世代通〟かなと自負している。

そんな私から見ても、本書で著者・平安寿子《たいらあすこ》さんが描いた登場人物の心のひだや世代間ギャップは、驚くほどリアルで〝あり得る〟話ばかりだ。事象や台詞《せりふ》のひとつひとつに「そうそう」と共感するうち、アッという間に読破してしまった。

ただし、現四十代半ば～五十代半ばのバブル世代の皆さんは、ちょっと注意して欲しい。

冒頭から始まる「battle1（第1章）」で、いきなり自分たちが若い世代に「こんなふうに見られていたのか」と、ショックを受けるだろう。世代通であるはずの私でさえ、随所《ずいしょ》で厳しい見方を突きつけられ、「ここまで⁉︎」と、柄にもなく少し落ち込んだ。

それぐらい、リアリティが〝ハンパ（じゃ）ない〟のだ。

とにかく平さんの取材力や表現力が、秀逸なのである。とくに二つの側面から、彼女独特の鋭《するど》い視点を感じた。

一つは、それぞれの世代が育った社会背景や経済状況、文化や流行を、実に的確にとらえている点だ。

四十五歳・バブル世代の里佳子と対を成す、もう一人の主人公・美結《みゆ》（１９８５年生まれ）は、いわゆるアラサー（アラウンド・サーティ）。ロスジェネでもゆとりでもない空白の世代で、自分たちは社会から「スルーされた」と感じている。子どものころから、テーマはサバイバル、飲み会に参加するのも「生活のため」だ。

彼女の根底には、「バブルこそは、諸悪の根源」との思いがある。それだけに、バブル世代の先輩・里佳子が飲み会のたびに嬉々《きき》として人集めをし、見栄《みば》えにかなりのお金をかけ、やたらと元気で前向きな様子に日々、イライラを隠せない。

週末、実家に帰るのは、おもに食費を浮かせるため。両親と不仲ではないが、父親の影響でビートルズの隠れファンだったり、三十歳過ぎて親にパラサイトする兄に毒づいたり、母親に気を遣って本音を言えずにいたりする自分が、ふと嫌になる瞬間がある。

まさに、私が十年以上の若者研究で見てきたアラサー女子たちにそっくりだ。

他方の里佳子は、八〇年代後半を二十代として過ごした、勤続二十年超の通称・バブル組。美結たちの教育係という立場だが、万年主任で陰ではお局《つぼね》さま扱いされ、若い世代に密かに「バブル山元（苗字）」と呼ばれている。

そんな彼女の心情を詳細に描いたのが、「battle2（第2章）」。同世代の私としては、前章のアウェイから一転、ホームに回った格好で、「待ってました」と胸躍るエピソードの数々。「バブルといえば、ジュリアナ東京と海外旅行でしょ」といった、浅く表層的な人物描写とは違う。「さすが平さん、分かってくれてる！」とうれしくなった。

ちなみに、本書のタイトルを分解すると、「オバさんになっても」と「抱きしめたい」。この二つを見て、ピンと来た人もいるだろう。そう、前者は歌手・森高千里《もりたかちさと》による九〇年代前半のヒット曲、「私がオバさんになっても」、後者は美結が愛するビートルズの名曲「抱きしめたい」に加え、八〇年代後半、大人気女優の「W浅野《あさの》（浅野ゆう子《こ》、浅野温《あつ》子《こ》）」が演じた、典型的な恋愛至上主義のドラマ「抱きしめたい！」（フジテレビ系）を彷《ほう》彿《ふつ》とさせるのだ。

バブル山元こと里佳子も、カラオケで森高千里の曲を十八番《おはこ》とし、四十代半ばのいまもトレンディドラマさながらに恋愛意欲を捨てていない。それだけに、若き美結の世代が「森ガール」だ、「山ガール」だともっさりしたファッションに身を包み、何事にもあっさりして自己主張しない様子を、中途半端で向上心がないととらえている。

確かに自分たちの就職は、いまと比べて楽だった。だがその後、バブル崩壊という荒波に揉《も》まれ、会社の売上げは劇的に減り、華やかだった昇給や研修制度、福利厚生はまったく姿を変えてしまった。ジェットコースターのように時代が落ちていくさまを見てきた、それが里佳子たちの世代だ。

だからこそ拭《ぬぐ》い去れない思いは、「下の世代は（自分たちを）まったくわかってない」。

それを「若さゆえ」と大目に見ればいいのに、「（若い子たちは）自分にしか興味がないから」と決めつけてしまうのもまた、私たちバブル世代がよくやる過《あやま》ちだ。いけない、いけない、肝《きも》に銘《めい》じなければ……。

平さんの目を見張る洞察《どうさつ》力、もう1つは「恋愛と結婚」に関する、深い女性心理だ。

美結と里佳子は、いずれも未婚女子、おひとりさまである。既述のとおり、里佳子はいまだ恋する気満々で、防犯面で怖い体験をしても、むしろ「か弱い女としての一面を見せるチャンス」とばかり、周りの男たちに相談をもちかける。

その一人が、野々村開《ののむらかい》（二十七歳）。実はおくての美結がひそかに「わたしの男」に内定している人物だが、里佳子はそれを知ってか知らずか、彼を「ノノくん」とアイドルさながらのあだ名で呼び、なにかと馴《な》れ馴《な》れしく接する。十五歳超も年下クンに対して、女を忘れていないのだ。

もちろん美結は、心中穏やかではない。せっかく開と二人の時間を過ごせそうになっても、たびたび里佳子においしいところを持っていかれる。ただ、それを単に「バブル女は死ねばいい」とばかり、イライラ見ているわけではない。

なぜ自分は一歩が踏み出せないのか、なぜ好きな相手とも当たり障《さわ》りのない世間話しかできないのか、なぜ女子力のなさをオシャレでカバーしようとせず「私の人間力を買ってほしい」などと考えてしまうのか。邪魔者を心の奥で攻撃するだけでは済まず、むしろ恋愛に後ろ向きな自分を卑下《ひげ》してしまう。それが美結たちアラサー未婚女子の特徴だ。

とはいえ、結婚に後ろ向きなわけではない。なぜなら、いつか出産して「家族という集合体を作りたい」から……。この辺りも、アラサーの未婚女子への取材で、本当によく登場するニュアンスである。平さん、すごい！

彼女たちも、胸を焦《こ》がすような「大恋愛」に憧《あこが》れないわけではない。でもそんなものは所詮《しょせん》、自分には起こりえない純愛小説やドラマの出来事だ、と割り切っている。

ならば、やみくもに夢を求めて貴重なアラサー年齢をやり過ごすより、そろそろ現実的な結婚を考えなければいけない。なにしろ家族という集合体を形成するには、いわゆる

「出産の期限（三〇代後半～四〇代前半）」から逆算して、あと数年で結婚を決めなければ間に合わない、と考えるからだ。

対する四十五歳のおひとりさま、里佳子も、恋愛や結婚に複雑な思いを抱えている。セックスは正直、もう「めんどくさい」。いまの生活に、大きな不満があるわけでもない。でも自分は家庭を持っていないのだから、いわば「暫定《ざんてい》負け犬」。全世界に「選ばれた女」であることを思い知らせるには一発逆転、結婚して「〇〇さんの妻」というゆるぎないポジションをゲットするしかないのだ。

だから婚活だってするし、美の追求にも手は抜かない。勝負はこれから、いまさら恋愛や結婚という戦いから「おりる」わけにはいかない。分かる分かる、その気持ち！

さて、そんな里佳子は、結婚という「一発逆転」を成し遂げることができるのか。他方の美結は、こっそり「私の男」に認定する開との仲を進展させられるのか。そして宿敵、里佳子と美結は果たして、互いに分かり合えるのか。

後半に控える「ドンデン返し」を、ぜひ楽しみに読み進めていただきたい。本書を読み終えるころ、あなたは異世代の心情を「なるほど」「そうだったのか」と、理解することができるだろうか？　少しは温かい目で、上下世代を思いやれるだろうか？

大丈夫、分かり合えないのが当然なのだ。なにしろ、「近ごろの若者は」との一説は、約5000年前の古代エジプトの遺跡にも彫られていたと言われる、人類普遍のテーマ、大きな大きなお題なのだから……。

この作品『オバさんになっても抱きしめたい』は平成二十六年三月、
小社より四六版で刊行されたものです。
日本音楽著作権協会（出）許諾1705713-701

オバさんになっても抱きしめたい

一〇〇字書評

切り取り線

購買動機（新聞、雑誌名を記入するか、あるいは○をつけてください）

□（　　　　　　　　　　　）の広告を見て	
□（　　　　　　　　　　　）の書評を見て	
□ 知人のすすめで	□ タイトルに惹かれて
□ カバーが良かったから	□ 内容が面白そうだから
□ 好きな作家だから	□ 好きな分野の本だから

・最近、最も感銘を受けた作品名をお書き下さい

・あなたのお好きな作家名をお書き下さい

・その他、ご要望がありましたらお書き下さい

住所	〒				
氏名		職業		年齢	
Eメール	※携帯には配信できません	新刊情報等のメール配信を 希望する・しない			

この本の感想を、編集部までお寄せいただけたらありがたく存じます。今後の企画の参考にさせていただきます。Eメールでも結構です。

いただいた「一〇〇字書評」は、新聞・雑誌等に紹介させていただくことがあります。その場合はお礼として特製図書カードを差し上げます。

前ページの原稿用紙に書評をお書きの上、切り取り、左記までお送り下さい。宛先の住所は不要です。

なお、ご記入いただいたお名前、ご住所等は、書評紹介の事前了解、謝礼のお届けのためだけに利用し、そのほかの目的のために利用することはありません。

〒一〇一 - 八七〇一
祥伝社文庫編集長 坂口芳和
電話 〇三（三二六五）二〇八〇

祥伝社ホームページの「ブックレビュー」からも、書き込めます。
http://www.shodensha.co.jp/bookreview/

祥伝社文庫

オバさんになっても抱《だ》きしめたい

平成29年 7 月20日　初版第1刷発行

著 者　平安寿子《たいらあすこ》

発行者　辻 浩明

発行所　祥伝社《しょうでんしゃ》
東京都千代田区神田神保町 3-3
〒101-8701
電話　03（3265）2081（販売部）
電話　03（3265）2080（編集部）
電話　03（3265）3622（業務部）
http://www.shodensha.co.jp/

印刷所　萩原印刷
製本所　ナショナル製本
カバーフォーマットデザイン　芥 陽子

Printed in Japan ©2017, Asuko Taira ISBN978-4-396-34331-6 C0193

祥伝社文庫の好評既刊

朝倉かすみ　玩具《おもちゃ》の言い分

こんな女になるはずじゃなかった!? ややこしくて臆病なアラフォーたちの姿を赤裸々に描いた傑作短編集。

飛鳥井千砂　君は素知《そし》らぬ顔で

気分屋の彼に言い返せない由紀江《ゆきえ》。彼の態度は徐々にエスカレートし……。心のささくれを描く傑作六編。

五十嵐貴久　編集ガール！

出版社の経理部で働く久美子《くみこ》。突然編集長に任命され大パニック！　問題ばかりの新雑誌は無事創刊できるのか!?

伊坂幸太郎　陽気なギャングが地球を回す

史上最強の天才強盗四人組大奮戦！映画化され話題を呼んだロマンチック・エンターテインメント。

伊坂幸太郎　陽気なギャングの日常と襲撃

華麗な銀行襲撃の裏に、なぜか「社長令嬢誘拐」が連鎖——天才強盗四人組が巻き込まれた四つの奇妙な事件。

石持浅海　Rのつく月には気をつけよう

大学時代の仲間が集まる飲み会は、今夜も酒と肴《さかな》と恋の話で大盛り上がり。今回のゲストは……!?

祥伝社文庫の好評既刊

石持浅海　わたしたちが少女と呼ばれていた頃

教室は秘密と謎だらけ。少女と大人の間を揺れ動きながら成長していく。名探偵碓氷優佳の原点を描く学園ミステリー。

市川拓司　ぼくらは夜にしか会わなかった

初めての、生涯一度の恋ならば、みっともなくたっていい。〝忘れられない人がいる〟あなたに贈る純愛小説集。

井上荒野　もう二度と食べたくないあまいもの

男女の間にふと訪れる、さまざまな「終わり」――人を愛することの切なさとその愛情の儚《はかな》さを描く傑作十編。

歌野晶午　そして名探偵は生まれた

〝雪の山荘〟〝絶海の孤島〟〝曰《いわ》くつきの館〟圧巻の密室トリックと驚愕の結末とは？　一味違う本格推理傑作集！

恩田　陸　象と耳鳴り

上品な婦人が唐突に語り始めた、象による殺人事件。彼女が少女時代に英国で遭遇したという奇怪な話の真相は？

恩田　陸　訪問者

顔のない男、映画の謎、昔語りの秘密――。一風変わった人物が集まった嵐の山荘に死の影が忍び寄る……。

祥伝社文庫の好評既刊

桂 望実
恋愛検定
片思い中の紗代《さよ》の前に、神様が降臨。「恋愛検定」を受検することに……。ドラマ化された話題作。

加藤千恵
映画じゃない日々
一編の映画を通して、戸惑《とまど》い、嫉妬、希望……不器用に揺れ動く、それぞれの感情を綴《つづ》った八つの切ない物語。

小池真理子
会いたかった人
中学時代の無二の親友と二十五年ぶりに再会……。喜びも束《つか》の間《ま》、その直後からなんとも言えない不安と恐怖が。

小池真理子
新装版 間違われた女
一通の手紙が、新生活に心躍らせる女を恐怖の底に落とした。些細《ささい》な過ちが招いた悲劇とは——。書下ろし。

近藤史恵
カナリヤは眠れない
整体師が感じた新妻の底知れぬ暗い影の正体とは？ 蔓延する現代病理をミステリアスに描く傑作、誕生！

近藤史恵
茨姫《いばらひめ》はたたかう
ストーカーの影に怯《おび》える梨花子《りかこ》。整体師合田力《ごうだりき》との出会いをきっかけに、初めて自分の意志で立ち上がる！

祥伝社文庫の好評既刊

近藤史恵　**Shelter〈シェルター〉**

心のシェルターを求めて出逢った恵といずみ。愛し合い傷つけ合う若者の心に染みいる異色のミステリー。

坂井希久子　**泣いたらアカンで通天閣**

大阪、新世界の「ラーメン味《み》よし」。放蕩《ほうとう》親父ゲンコとしっかり者の一人娘センコ。下町の涙と笑いの家族小説。

柴田よしき　**回転木馬**

失踪した夫を探し求める女探偵・下澤唯。そこで出会う人々が、彼女の人生を変えていく。心震わすミステリー。

柴田よしき　**竜の涙**　ばんざい屋の夜

恋や仕事で傷ついたり、独りぼっちになったり。そんな女性たちの心にそっと染みる「ばんざい屋」の料理帖。

小路幸也　**さくらの丘で**

今年もあの桜は、美しく咲いていますか――遺言によって孫娘に引き継がれた西洋館。亡き祖母が託した思いとは？

小路幸也　**娘の結婚**

娘の結婚相手の母親と、亡き妻との間には確執が？　娘の幸せをめぐる、男親の静かな葛藤と奮闘の物語。

祥伝社文庫の好評既刊

平 安寿子
こっちへお入り
三十三歳、ちょっと荒んだ独身OLの江利《えり》は素人落語にハマってしまった。遅れてやってきた青春の落語成長物語。

中田永一
百瀬、こっちを向いて。
「こんなに苦しい気持ちは、知らなければよかった……!」恋愛の持つ切なさすべてが込められた、みずみずしい恋愛小説集。

中田永一
吉祥寺の朝日奈くん
彼女の名前は、上から読んでも下から読んでも、山田真野《ヤマダマヤ》……。愛の永続性を祈る心情の瑞々しさが胸を打つ感動作。

中山七里
ヒポクラテスの誓い
法医学教室に足を踏み入れた研修医の真琴《まこと》。出迎えたのは、偏屈者の法医学の権威、光崎《みつざき》と死体好きの准教授・キャシーだった——。

林 真理子
男と女のキビ団子《だんご》
中年男と過去に不倫。秘密の時間を過ごしたホテルのフロントマンに、披露宴の打ち合わせで再会し……。

原 宏一
佳代《かよ》のキッチン
もつれた謎と、人々の心を解くヒントは料理の中に? 「移動調理屋」で両親を捜す佳代の美味しいロードノベル。